外星人
软软来了

[韩]吴始垠 著　[韩]尹有悧 绘　姜楠 译

中信出版集团 | 北京

科学家有话说

太空旅行
不再是痴人说梦

　　现在，太空不仅仅存在于想象之中了。在不远的将来，我们也可能去太空旅行。2014年上映的科幻电影《星际穿越》和2015年上映的《火星救援》都以太空为主题。《星际穿越》讲述的是宇航员为了抵抗地球的消亡而背井离乡，在宇宙中寻找"另一个地球"的故事。《火星救援》则向我们展示了一位被意外留在火星上的宇航员为了活下去，种植吃剩下的土豆以保证粮食供给的故事。相较于之前问世的《星际迷航》，这两部电影更具航天工程的科学性。与地球不同，太空处于失重且真空的状态，阳光下极热，阴影里极寒。尤其是太空有我们在地球上绝对体验不到的极限条件——失重与真空。这需要我们调动全部的想象力才能够做到感同身受。

　　可以毫不夸张地讲，宇宙是无限大的。就算光速飞行，也要约 137 亿年才能到达宇宙的尽头。况且在飞行的过程中宇宙也在不断膨胀，因而可能永远也不可能抵达边界。我们每天都要吃饭，都要忍受上学时的人潮拥挤，忍受地铁和公交上的喧闹无比。令人生厌的日常往往让我们无暇去想象神秘的宇宙。其实，能够在这样的宇宙中生活，本身就已经足够神奇了。对于年幼的学生而言，人生的希望往往就是源于对未来的憧憬与想象，学习也只有在有趣想象的基础上才能引发自主思考与探索。

《外星人软软来了》这本书的主人公铛铛就在家附近遇到了从太空远道而来的朋友软软，也因此展开了对遥远太空的想象。该书从科学的角度出发，详细描写了修理故障宇宙飞船的过程，可培养创造力，同时书中包含对太空的相关介绍，也是科普的好素材。

李洙进
韩国航空宇宙研究院前院长

故事大王有话说

太空不再是一个仅存于神话故事里的地方

看着夜空中一闪一闪的星星，谁都想过这样一个问题："那里住着什么人呢？"在人类历史中很长的一段时间里，人们望着星空曾经想象过。在那黑乎乎、空荡荡的地方有什么呢？星星那头的世界是什么样的呢？星星为什么闪闪发光？住在星星上的人是什么样的呢？等等。带着这样的想象，人们一直向往着太空。那是一个无法触及又足以令人浮想联翩的未知领域。

那些前人们望着夜空想象出的神话故事，流传至今。但现在太空不再只是神话里的地方。自1957年发射第一颗人造卫星以来，越来越多的人造卫星和搭载着宇航员的宇宙飞船被送上太空。不仅如此，为了发现外星人，人们还发射探测器。至今为止，探测器还在朝着太空的更深处不断前进着。这一切的一切，都在发射第一颗人造卫星后的短

短几十年里得以实现,并不断发展。而将"人类上天"变成可能的人就是航天工程师。

他们一直在研究怎样才能更快地抵达太空,怎样才能到达更远的太空,人类怎样才能在宇宙中生活。通过他们坚持不懈的努力,在今后的50年或者更快,普通人也可以去太空旅游。说不准这本书的读者朋友们也能去火星一游。

要想成为航天工程师,就要有对宇宙的好奇心和不断挑战的精神。如果你真的想要飞往太空,那么这点就是你成为航天工程师的先决条件。对于怀抱这种梦想的读者来说,书中的主人公铠铠和仁灿便会成为你的好朋友。所以,我希望在不久的将来,这本书的读者能够真正成为这本书中的主人公。

吴始垠

目录

第1章
铛铛博士的爆炸性发言　1
什么是航天工程学?

第2章
与外星人的初次相见　17
哪里有外星人?

第3章
思乡的软软　39
宇宙是一个怎样的地方?

第 4 章

造船计划 61

🛸 宇宙飞船和宇航服是怎样做出来的?

第 5 章

成为宇航员的方法 83

🛸 怎样成为宇航员?

第 6 章

再见了,地球 107

🛸 想成为航天工程师要怎么做?

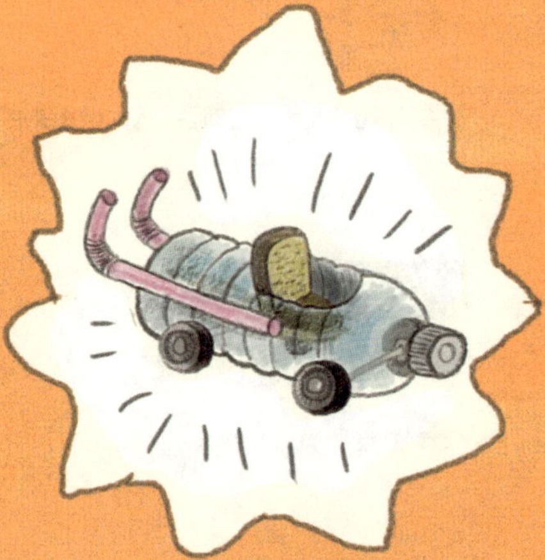

第 1 章
铛铛博士的爆炸性发言

"喂,喂,麦克风测试,发布会即将开始,请各位保持安静。"戴着圆眼镜的主持人第三次提高了嗓门。

但是来自世界各地的记者们依旧忍不住兴奋地交头接耳。

"真是太了不起了。"

"确实,这应该算是人类首次星际旅行了。"

"目的地是哪里来着?"

"齐什么来着?啊,对了,是那个齐奥尔科夫星。"

"听说这是首次接待人类旅行的一颗行星?"

"听说是这样的。"

主持人瞥了一眼手表,用手绢擦了下额头,松了松脖子上的领带,又重新拿起了话筒。"那个,记者朋友们,现在时间到了……"

就在这时,门口传来的铛铛铛声吸引了在场人的目光。个子小小的铛铛博士出现在了会议厅的入口处。只见他脚穿皮鞋,身着白袍,衣领板正,瞬间被闪光灯包围。身后的研究员们也跟着依次入场。他们站上讲台,讲台上方有一块横幅,上面写着"人类首次星际旅行"的字样。

铛铛博士弯下腰,用手敲了敲桌子。铛铛铛!

人们安静了下来,铛铛博士笑着对记者说道:"我衷心向在座的各位表示感谢。"

铛铛博士低头致谢,嘈杂的快门声又响了起来。

"众所周知,明天我就要同这些研究人员们一起踏上星际旅行的征程。我们做好了万全的准备,旅行也将非常愉快。同时,希望我们的旅行也会为各位带来欢乐。"

记者们争先恐后地开始提问。

"博士,请您说一说宇宙飞船吧。"

"听说您要进行旅行直播,这是真的吗?"

"这次的目的地齐奥尔科夫星是一个怎样的地方呢？"

"宇宙飞船的核心技术是什么？"

"要花多长时间才能到达目的地呢？"

"在您看来，这次旅行成功的概率有多大呢？"

铠铠博士自信地回答道："这次旅行成功的概率是百分之百。针对刚才的问题，我已经为大家准备好了材料。"

铠铠博士打了个手势，后面的研究员们纷纷走下讲台，将材料发给了记者们。但是一位站在铠铠博士身边的研究员却没有动，在与铠铠博士对视一眼后，竖起了大拇指。铠铠博士朝着他开心地笑了起来。这位竖起大拇指的人就是铠铠博士的老友徐仁灿博士。他和铠铠博士自幼儿园时期就是形影不离的好朋友，长大后一起攻读了航天工程专业，之后为进行星际旅行又合力主导建造了宇宙飞船。研究员们分发完资料后又重新回到台上，会场顿时充满着翻阅纸张的声音。

记者们就像考前临时抱佛脚的学生一样一边咻咻地翻着材料，一边用笔画着线，圈出他们认为重要的地方。过了一会儿，记者们纷纷抬头看向铠铠博士。

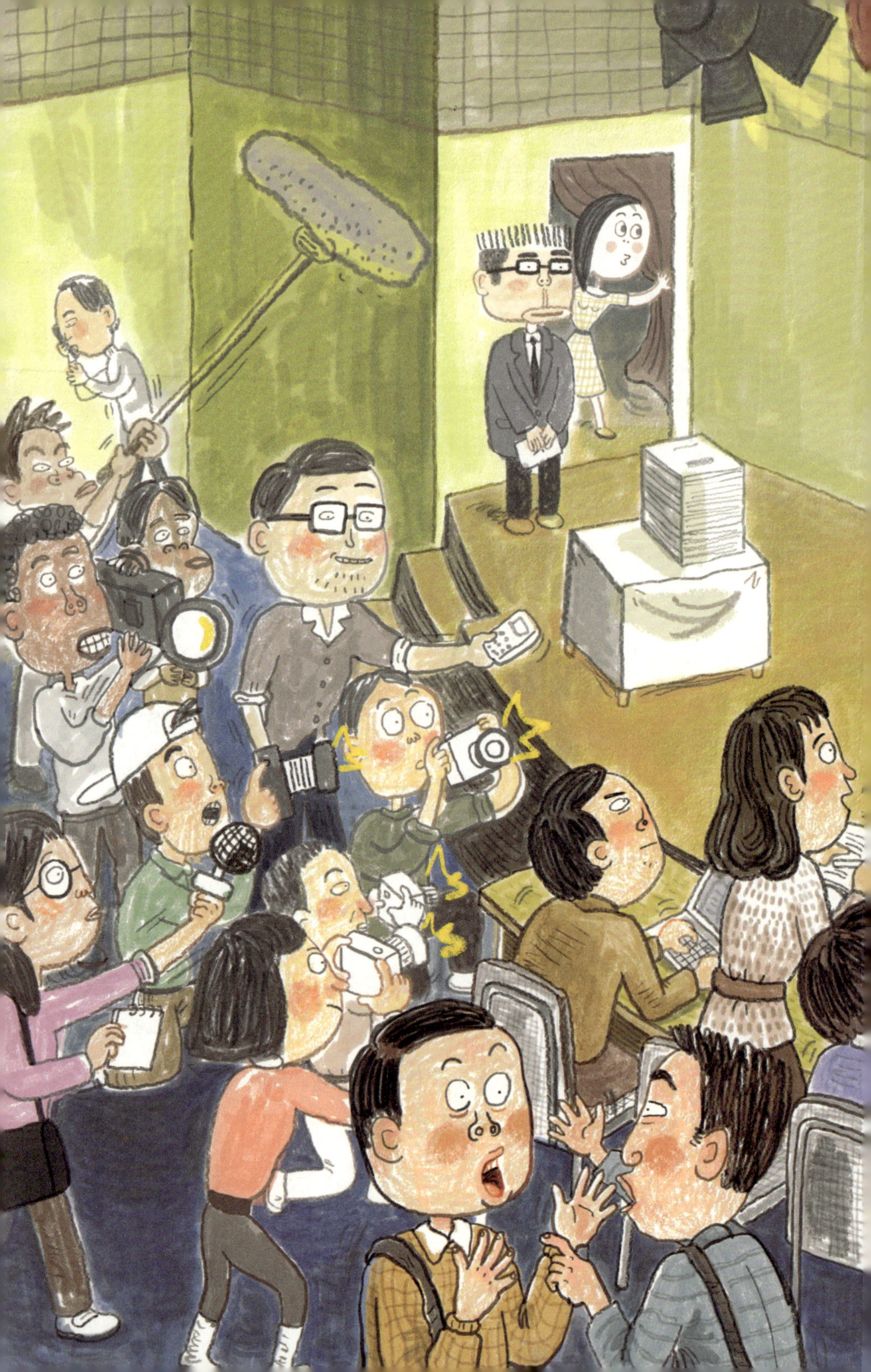

人类首次星际旅行

随后博士发话了："里面包含着大家好奇的一切。有了这份资料，大家写报道就不会有任何困难。"

铛铛博士朝主持人做了个手势，正在发呆的主持人吓了一跳，一脸窘迫地抓起了话筒。"啊，那……那么今天的新闻发布会就到此结束了。"

就在这时，一位坐在最后面的记者突然站了起来。"博士，我有一个资料上没有给出答案的问题。"

本已经走下讲台的铛铛博士又走了回来。他问道："是什么问题呢？"

记者将资料拿近，疯了一般快速地翻找着。"那……那个……资料里面有飞船的构造说明，宇航员名单和目的地，还有飞行时长……"

铛铛博士皱起了眉。"所以你究竟想问什么？"

这时，记者才从资料里挪开眼睛。"那……那什么，我想说的是，不，我想问的是，这次旅行的目的是什么呢？"

碰到难题时，铛铛博士总是鼓起两颊，回头看向徐仁灿博士。后者则向铛铛博士耸了耸肩。于是铛铛博士像下定决心一般看向了记者。

博士

首先，铠铠博士干咳了两声。"如果你要问这次旅行的目的是什么，那就是……"

人们都紧盯着铠铠博士的嘴巴不放。

铠铠博士缓缓地扫视着台下的人们。

"目的就是……"

等待着答案的人们咕咚咕咚地咽着口水，准备发言的铠铠博士此刻也是一样。

"为了见朋友。"

听了这话，有人张大了嘴，有人四处张望，有人忙着在笔记本电脑上敲字，有人挖着耳朵，怀疑自己的听力出了问题，还有人一脸茫然。

就在这时，有人说话了。"博士，请您再说一遍。"

铠铠博士清了清嗓子。"这次太空旅行就是为了能够和外星人朋友见面。"

提问再一次铺天盖地地涌来。

"也就是说，您相信有外星人？"

"对此，您有什么证据吗？"

"请您说出实情。"

"您真的要去同外星人见面吗？"

"这次的目的地行星上有外星人吗?"

"对此您确认过吗?"

主持人拿着话筒游走在记者和铠铠博士之间,不停用手绢擦着脸,还把冒着汗的手心在裤腰上擦了又擦。随后他无措地说道:"那……那个,一……一个一个来……"

铠铠博士用手敲了敲桌子,喧闹的场地随之安静下来。

"我是一个研究宇宙和走向宇宙的航天工程师。我们

只说已经确定的事实。至于外星人……"铛铛博士停顿了一下，慢慢地扫视了在场所有的人，接着说道，"是存在的。而且我见过外星人。"

会场瞬间鸦雀无声。只有铛铛博士的老友徐仁灿博士无奈地摇了摇头。随即记者们则像打了鸡血一般。

"什么时候见到的？"

"在哪儿见到的？"

"外星人长什么样儿？"

"这次的旅行和外星人有什么关系吗？"

主持人握着话筒，满头大汗。

"那个，一个一个来，请按顺序提……提问。"

但是他的声音很快淹没在嘈杂的人声里。主持人哭丧着脸，看着铛铛博士。博士大声说道："这个故事不适合在新闻发布会上说，如果各位感兴趣，可以随我一起去个地方。"

铛铛博士在前头带路，徐仁灿博士及其他研究员们像保镖一样紧随其后。记者们也蜂拥而往，他们有的拿着纸笔，有的拿着小型录音机，有的抱着电脑，有的背着相机，浩浩荡荡。讲台下瞬间空无一人，拿着话筒的年轻主持人一屁股跌坐在讲台上。他看着人潮退去的会场,长长舒出一口气,扑通一下躺了下去。

当天晚上,新闻大肆报道了铛铛博士的故事。报道的标题大同小异,均类似"铛铛博士的外星人朋友,时隔30年首次揭秘!"。

什么是航天工程学？

什么是航天工程学？

很久以前，人们就开始仰望星空，想象着宇宙的样子。想要观察星星和月亮的人便发明了天文望远镜。望远镜由荷兰人发明，伽利略改进了后，运用于科学观测。随着科技的不断发展，20世纪50年代，苏联和美国率先掌握了能够飞往太空的技术，发射了人造卫星。

人造卫星在地球周围的一定高度上环绕，负责收集有关地球和太空的信息等。如通过卫星发送的位置信号，安装在汽车上的导航仪帮助我们指路。通过人造卫星，我们可以预报天气，也可以研究地球表面，还可以拍摄照片制成地图。在成功地研制出人造卫星之后，人们又发射了载有生命体的宇宙飞船（1957年），小狗莱卡也因此成了飞往太空的第一个生命体。

虽然接受了很多训练,但莱卡还是在发射后不久死于窒息。莱卡的太空飞行,为人类飞往太空提供了借鉴。

之后又有很多航天器飞往太空。就这样,人们又研制出了人造卫星、空间站、火箭、宇宙飞船……实现这一切的基础就是航天工程学。因为航天工程学要了解宇宙空间和星球,要知道物理定律、高速火箭的运行、机械和电脑联合运转的原理等,所以该学科同物理学、机械工程学、计算机工程学、电学等多种学科息息相关。

火箭之父是谁？

可以说火药是火箭的"始祖",在唐元和三年（808年）之前,中国人就已经发明了火药,同时开始传播。

那么,最早究竟是谁产生了要去太空的想法呢?那个人便是1857年出生的苏联人康斯坦丁·齐奥尔科夫斯基。齐奥尔科夫斯基9岁时因患病而失聪,因此难以跟上教学进度的他被退学。从13岁戴上助听器之后,他便去图书馆自学了数学、物理、天文学和化学,之后考取了教师资格证,在23岁时成了一名数学老师。

自小就好奇心满满的齐奥尔科夫斯基宁可挨饿,也要把钱都投入研究航天飞行的实验中去。

人们认为这样的齐奥尔科夫斯基是个疯子,因为就算是那时,人们也依旧认为飞往太空这件事只存在于故事里。

但是齐奥尔科夫斯基仍不放弃，继续研究太空航行，并于1903年发表了关于火箭的第一篇论文《利用喷气工具研究宇宙空间》。

但之后，他并没有获得大众认可，依旧是独自进行研究和实验。为太空航行贡献一生的齐奥尔科夫斯基终于在他60岁的时候得到了社会的认可，而最开始他构想的喷气工具研究也奠定了火箭和液体火箭发动机的基础。

目前为止仍然没有能够脱离火箭独自飞往太空的航天器，齐奥尔科夫斯基可以说是现代航天学的奠基人。

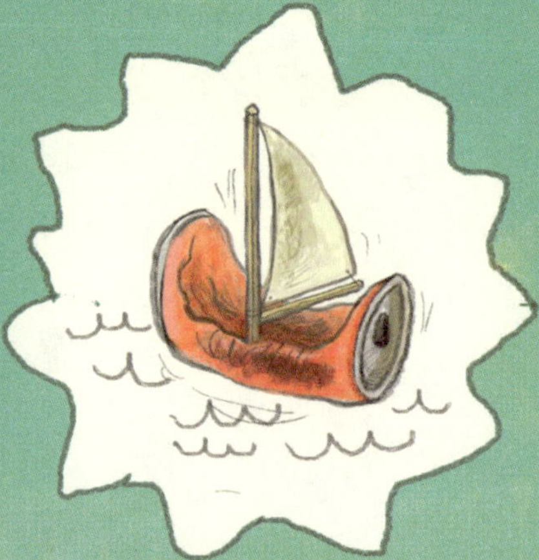

第 2 章

与外星人的初次相见

铛铛博士第一次与外星人见面是在他 11 岁的时候。铛铛的本名叫姜施允,因为喜欢敲敲打打,所在之处总是伴随着铛铛声,所以比起本名,人们更爱叫他铛铛。那天,铛铛照旧在房间里摆弄着坏了的收音机。

铛铛铛,砰砰砰,铛铛,砰砰。

楼下的妈妈受不了啦,吼道:"铛铛!你安静一点。"

铛铛握着小锤子赶紧停了下来,踮起脚尖,悄悄走到门口,把脑袋探了出去。

妈妈站在楼下的台阶前,两手捂住头,正怒气冲冲

地看着楼上。看见铛铛的小脑袋，妈妈气得瞪圆了眼睛。
"我头要炸了！"

铛铛小声地顶嘴道："明明就快要弄好了……"

爸爸站在妈妈身边，抬头看着铛铛。

"大晚上就用望远镜看星星吧。知道天都黑了吧？"

铛铛转过头，看了看已经变得黑咕隆咚的窗户外面。

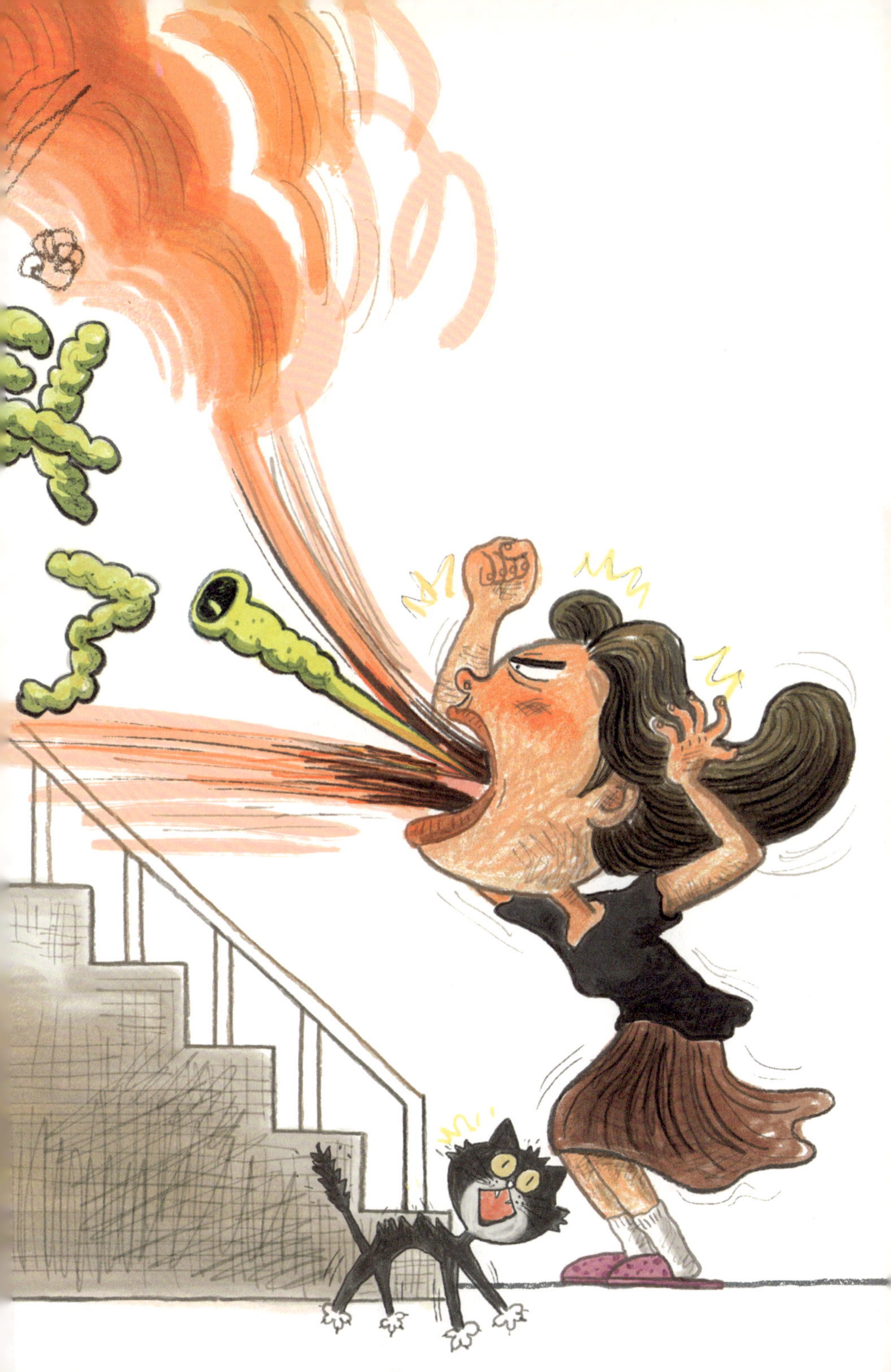

"知道了。"

这时,妈妈才放下捂着头的手,转身离开。爸爸一边跟着妈妈离开,一边给铛铛使眼色。回到房间的铛铛将散落一地的收音机零件全部塞到桌子下面,将望远镜放到了窗前。

傍晚升起的北极星紧紧地贴着月亮。铛铛将望远镜对准了院子里枫树的顶端。那里有铛铛喜欢的星座狮子座,将星星连接起来,就能组成一头狮子的形状。铛铛调了调望远镜的倍数,对准了焦距。只见望远镜里,一道长长的光划过夜空。铛铛从望远镜上挪开眼,看着夜空。那长长的一道光宛如金丝线一般横过,光亮耀眼。但是这束光很快消失,坠了下去。与此同时,小区空地的位置上开始一闪一闪地发光。铛铛赶紧将身子探出窗外。但是外面黑乎乎的,只有凉飕飕的风围着铛铛打转。那个闪光点也消失了。铛铛用手腕上的电话手表给仁灿打去了电话。仁灿好像还在吃着什么东西,含含糊糊地接起了电话。"有事?"

"刚才好像有个什么东西掉到小区里了。"

仁灿慢悠悠地问道:"什么东西啊?"

"我也不知道，但是是个超级亮的东西。"

"亮的东西？什么啊？"

"可能是陨石。"

仁灿抬高了嗓门。"陨石？真的吗？"

铛铛说道："走吧，去看看吧。"

五分钟后，铛铛和仁灿在家门前会和。其实两个人本就是邻居。铛铛看向仁灿背后的大门问道："你找了个什么借口溜出来的？"

"我说和你去锻炼。你呢？"

铛铛点了点头，一副"早就知道你会这样说"的表情。"我也是。"

两人相视一笑，赶紧朝着空地走去。深夜的小道上黑乎乎的，没什么人。空地的边上是一条低矮的土坡，上面的路灯还算亮堂。两人的脚步声惊扰了胡同暗处的猫，只见它咻的一下慌张地跳上了墙头。平时只要看见小猫一定要追赶戏弄一番的铛铛和仁灿，今天却连一个眼神都没有施舍给那只坐在墙头上的猫。反而是那只小猫用好奇的眼神盯着铛铛和仁灿的背影看了好一会儿。

仁灿一边快步走着，一边问道："你刚才是说陨石掉

下来了,对吧?"

铛铛走得更快了。"好像是,因为它的尾巴长长的。"

"如果真的是陨石,那真是个了不起的发现。对吧?"

"当然啦。"

越发心急的两人嗖嗖地甩开膀子,几乎跑了起来。路灯后面的影子也忙着舞动着胳膊和腿。

不一会儿，两人到达了空地。大概是因为还是早春的缘故，空气凉飕飕的，街上一个人影也看不见。周围弥漫的草味和从后山刮来的阵阵凉风。铛铛和仁灿站在空地入口处的路灯下，快速地打量着周围的环境。灯光下的一切都和往常一样。但是在灯光照不到的暗处却阴风飒飒，好像藏着个什么怪物一般。铛铛和仁灿抬脚朝空地深处走去，迈进了草丛里。两人穿过黑乎乎的草丛后，互相看了对方一眼。

仁灿说道："什么都没有呀。"

铛铛指向了另一个地方。"去那儿看看。"

两人又朝着另一处黑漆漆的草丛走去。同样什么也没发现。

铛铛摇了摇头。"奇怪。明明这块空地上刚才发光了。"

这时，仁灿指向了相反方向的一块草丛。"再去看看那边吧。"

这是一块非常宽阔的草丛，也是这片空地上最黑的地方。

铛铛和仁灿刚要拨开草丛时，突然从什么地方传出了奇怪的声音。"喊喊喊叽叽叽。"

两人停了下来，对视一眼。

那个声音再次响了起来。"喊喊喊叽叽叽。"

那片草丛上有一棵刚发芽的白杨树和一堆黄梅树的枝杈，声音就是从那里传出来的。铛铛和仁灿掀起了刚结出黄色花苞的黄梅树树枝，惊讶地发现那里居然有一口能装下一个小孩儿的大锅，但是仔细观察，发现那东西更像是一个圆圆的大饺子，发出深灰色的幽光，好像真的在蒸饺子一般，还扑哧扑哧地冒着热气。声音就是从这里发出来的。铛铛和仁灿将草丛扒拉开，凑近了看。

正当铛铛准备把手放到那个东西上时，一个陌生的声音传了出来。"别碰。"

铛铛和仁灿就像那只小猫一样嗖的一下跳了起来。慌慌张张的两人抱成一团，忙着寻找声音的来源。就在这时，前面一个微微发白的东西开始晃动起来。

铛铛和仁灿紧紧抱在一起，仁灿大叫着："有鬼啊！"

过了一会儿，铛铛把仁灿从身上扒拉下来。"不是鬼。"

仁灿又趴在铠铠身后看。"那是什么？"

其实单凭那个微白的东西的确还不足以让仁灿大叫有鬼。只见那个东西的脑袋像足球一样圆，胳膊、腿像软管一样长，胸和肚子组成的躯干却像一个正在滴落的水珠一样。全身和周围的环境融为一体，就好像可以随环境改变的变色龙一样。长长的胳膊紧紧地贴在身体两侧，乍一看就像雪人一样，身高同铠铠、仁灿差不多高。仔细观察，就会发现他脸上有两只又长又黑的椭圆形眼睛。两个鼻孔随着呼吸一张一合，虽然有鼻孔，但却没鼻梁。鼻孔下面有一张嘴，但是却没有嘴唇。

铠铠上前一步。"你是外星人吧？"

那外星人抬起手，指向了铠铠。"你是地球人吧？"

那个外星人的声调中伴随着气球爆炸的声音。

这时，躲在后面的仁灿才走了出来。"哇，真的是外星人。"

铠铠用下巴指了指那个像大锅一样的东西。"发生了什么事？"

外星人的表情非常不快。"出了事故呗。"

原来外星人的飞船在穿过太阳系时遭遇了彗星群，迷

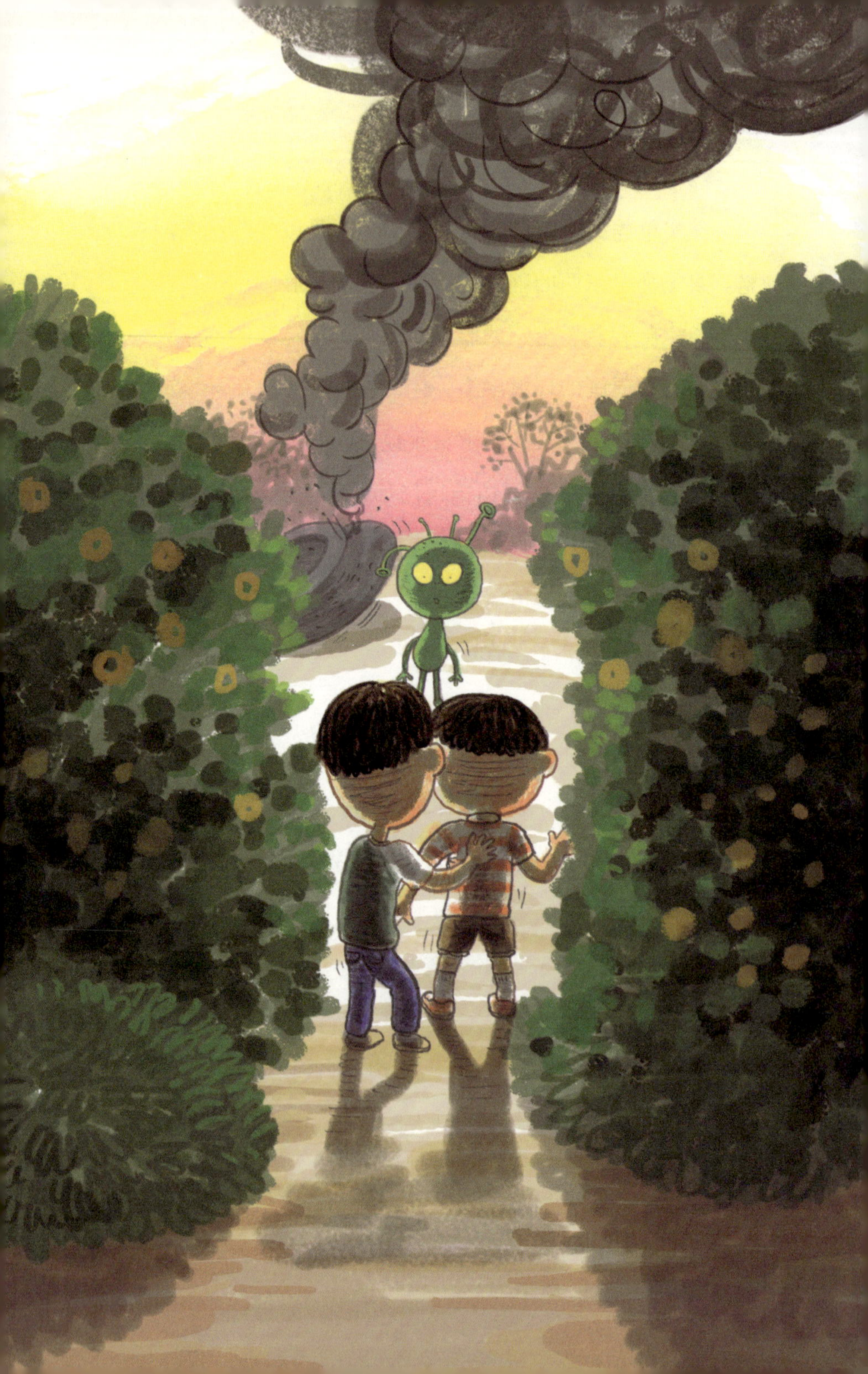

失了方向，不得已才紧急降落在这块空地上。

"我是不能和地球人见面的。"

铛铛问道："为什么不行呢？"

"为了不让地球变得混乱，我们不能和地球人见面。"

仁灿点了点头。"也是，如果让大人们知道了肯定会出乱子的，电视台的记者们也会一窝蜂地跑来。到那时，他可能会被关到研究所之类的地方。"

铛铛看向了仁灿。"我们把他藏起来吧。"

"我看行。"

"别担心，我们会保守秘密的。"

铛铛的话让外星人放下心来。稍加思考后，外星人点了点头。"我相信地球人，你们是我的朋友。"

仁灿提高了嗓门："对，朋友，我们现在是朋友了。"

铛铛抬脚向宇宙飞船走去。

"你是坐这个过来的吗？"铛铛问。

外星人点了点头。"差点儿死了。"

现在，外星人乘坐的宇宙飞船也不再发出叽叽叽的声音了。飞船被压得扁扁的，早就面目全非。如果不是见到了外星人，还以为是一块被扔掉的废铁。铛铛观察飞船的空当,仁灿问道:"你来自哪颗星星?"

外星人用手指了指东边的天空。"齐奥尔科夫星。"

仁灿回头看向了铛铛。"铛铛,你听说过齐奥尔科夫星吗?"

"没啊,第一次听说。"

铛铛拍了拍手,拍掉灰尘,说道:"不好修啊。"

外星人一下子垂下了头。"可是我得回去呀。"

这时,铛铛的手腕处传来了震动的声音,是家里打来的电话。

铛铛一按下接听键,妈妈的声音立即窜了出来。"运动完了就赶紧回家。太晚了。"

铛铛和仁灿对视一眼,回答道:"马上就回。"

仁灿朝外星人那边使了个眼色。"他怎么办?"

铛铛把脸颊吹得鼓鼓的。过了会儿,他说道:"我有一个好主意,但是先得去废品站借个小推车。"

"然后呢?"

"然后搬去秘密基地,把宇宙飞船和外星人都搬去。"

仁灿一脸忧心忡忡。"能行吗?"

铛铛双手叉腰,说道:"现在只有这一个办法了。又不能把他送到我家或者你家。你刚才也说了如果被大人发现会有什么后果，而且我们刚才也承诺保守秘密了。"

仁灿点了点头。"那就这么办吧。"

铛铛再次看向外星人。"在我们回来之前，你先藏好。有人来了你也不要出声。这样别人就不知道你在这儿了。"

外星人默默地点了点头，铛铛和仁灿将垂下来的黄梅树枝条拉过来，盖在了外星人的头顶。就这样，外星人被神不知鬼不觉地藏了起来。而铛铛和仁灿二人则马不停蹄地跑向了废品站。即便是累得气喘吁吁，两人也没有停下。

废品站的朴大叔正在院子里伸懒腰，看到飞奔过来的孩子们吓了一跳。"大半夜的，出什么事了？"

废品站的老板朴大叔是个老光棍儿，废品站既是他的家又是他的工作室。进出废品站的人都是攒废纸和废铁来卖的老爷爷和老奶奶，大叔把他们收集来的废品叫作"宝贝"。除此之外就是那些专门做废品生意的人经常来。铛铛和仁灿自上学以来就把废品站当作是游乐场。正好，废品站就在通往学校的路口处。因为孩子们喜欢来废品站玩，所以朴大叔就专门在废品站里面的安全地带搭了一个旧棚子，作为孩子们的秘密基地。相较于在杂乱的废品中玩，在棚子中玩更加安全。当然，这个秘密基地也不是免费用的。铛铛和仁灿要把家里可回收的或者是老旧的废品拿到这里作为租金。

铛铛大口喘着粗气。"把推……推车借给我们用用吧。"

大叔放下还在高高举着的手，问道："借推车干吗？"

铛铛喘不过气来了，仁灿答道："铛铛在家太吵了，被他妈妈骂了。所以要把准备在家里修的东西挪到基地里来。"

这个回答是铛铛和仁灿在到达废品站之前就串通好了的。

听到这个回答，大叔才点了点头。"啧啧，我就知道是这样。"

大叔指了指立在集装箱旁边的手推车。"就在那，拿去用，用完记得还回来，知道吗？"

铛铛拉车头，仁灿推车尾，快马加鞭又走上了来时的路。

这期间没有人来过空地，外星人也平安无事。铛铛和仁灿把外星人放在车的前半部分，又将大锅一样的宇宙飞船装在了后半部分。

看着外星人眼里流露出的不安，铛铛安慰道："不用担心，区区一个小推车，我们还是玩得转的。"

这时，仁灿好像想起了什么一般，问道："对了，你叫什么名字？"

外星人疑惑地摇了摇头。"那是什么东西？"

仁灿一副"你连这都不知道"的表情，追问道："就是，我们应该怎么称呼你？"

外星人说出了一长串听都没听过的单词，就好像暗号一样。

越听铛铛和仁灿的表情就越复杂，铛铛皱起了眉头。

"这是你的名字？"

外星人点了点头。铛铛却连连摇头。"这也记不住啊，干脆取一个好记的名字吧。"

仁灿立刻说道："软软怎么样？他长得就软绵绵的。"

铛铛看向外星人问道："你觉得怎么样？"

外星人点了点头，铛铛和仁灿立马宣布说："那从现在开始你就叫软软了。"

这时外星人问道："你们叫什么名字？"

"我是铛铛，不对，我叫姜施允。但是你叫我铛铛就行，大家都这么叫。"

"我是仁灿，徐仁灿。你叫我仁灿就行。"

随后孩子们重新抓住了车头和车尾。铛铛扭过头来看着软软。"速度超快，你可要抓紧了。"

下一秒，抓着推车的手开始发力，身子朝前探，用力地踏了出去。因为是下坡路，轮子转得越来越快。铛铛和仁灿配合默契，有节奏地跑着。

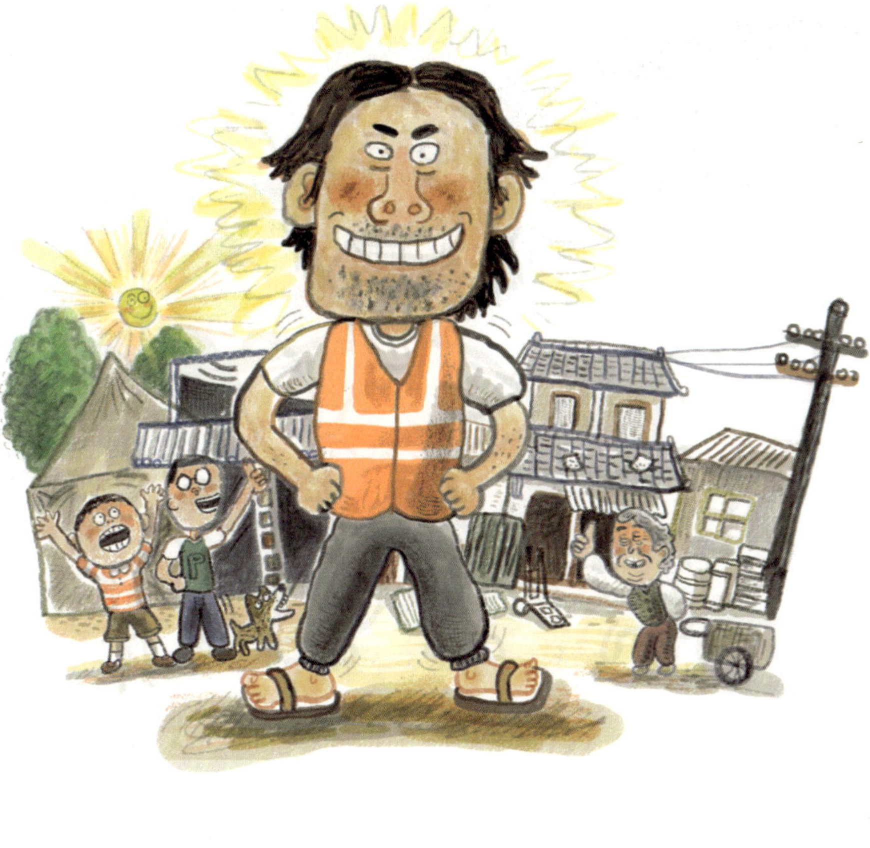

就这样，孩子们配合着走下了山坡。推车跑得越快，脸上、嘴巴上掠过的风就越强。孩子们大喊，呀呼声回响在寂静的夜晚。软软晕乎乎的，他把身子缩成一团。就这样，地球孩子和外星人软软的初次相见连同这静夜一起变得意义非凡。

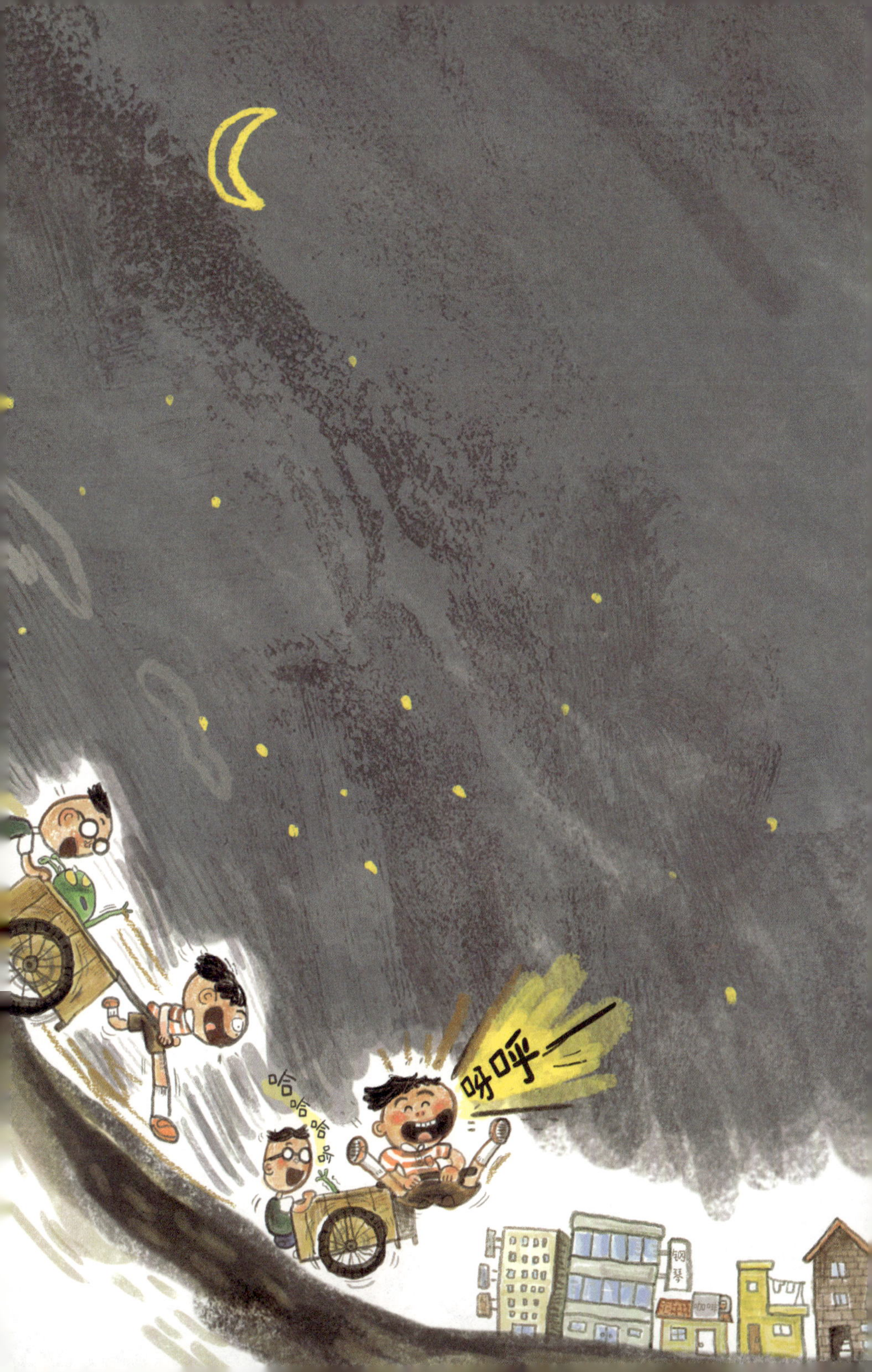
哈哈哈哈
呀呼——
钢琴
咖啡

哪里有外星人？

有外星人？没有外星人？

美国国家航空航天局曾经公开过一张在土星上拍摄的地球的照片。照片中的地球成了一个模糊的小点，就如同夜空中的星星一般。但是就在这个模糊的小点上生活着以人类为代表的各种生命体。试想一下，夜空中到底有多少个这样的小点。和地球一样同属于太阳系的其他行星如水星、金星、木星、土星等均未发现有生命体的存在。当然，在被推测拥有和地球相似环境的火星上，人们发现了不明物质。

广袤无垠的银河系大约有 2000 亿个恒星，要想到达它的尽头，需要以光速飞行 10 万年。这样的"银河系"在宇宙中有 2 万亿个。每个"银河系"都包含着数千亿同太阳一般闪光的星球。基于这一点，科学家们推测宇宙中可能会有外星人。但是这需要在数不尽的星球中寻找到和地球那样"不冷不热"的一颗。美籍意大利物理学家恩里克·费米（1901—1954）就认为宇宙中存在着外星高等生命（外星人）。他曾说过一句："外星人都在哪里？"科学家们纷纷根据费米的问题，展开了对外星智慧生命体的研究，这就是"费米悖论"的由来。

努力寻找外星人

空间探测器先驱者 10 号、先驱者 11 号（分别于 1972、1973 年发射）和旅行者 1 号、旅行者 2 号（1977 年发射）承载着地球的相关信息，包括人类的画像和想要传递给外星人的话等，遨游在太阳系及以外的太空中。不知道外星人真的看到了这些空间探测器会做何反应呢？

有关宇宙生命体的探测工作从未停歇。其中还包含对射电望远镜捕捉到的太空电波进行分析的工作，这就是 SETI（地外智慧生物搜寻）项目。射电望远镜要寻找的电波并非自然界发出的电波，而是人造电波。如果在太空的某处发现了人造电波的存在，那就可以作为外星人存在的证据。

但是射电望远镜捕捉的电波数不胜数，就算用超级计算机也无法全部分析，所以普通的计算机用户正在分担着分析电波的任务。方法要比想象的简单，只要在自己的电脑上安装一个分析软件就可以了，经过分析的信息会自动反馈给研究所。

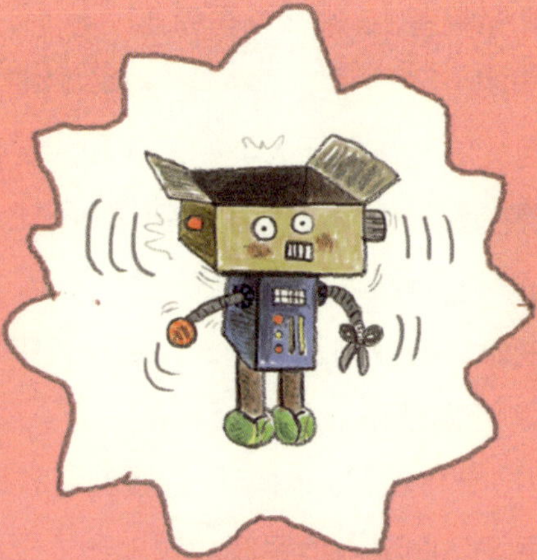

第3章

思乡的软软

第二天早上,铛铛和仁灿急忙出了家门,手里提着各自从家里带的食物。铛铛带了面包,仁灿带了两个煮鸡蛋和一罐饮料,这是带给软软的。

但是仁灿一脸担忧。"不会有什么事吧?"

铛铛催促着:"快点儿走吧。"

铛铛和仁灿打算先去看看软软,之后再去学校。其实他们心里想的是"如果不去上学就好了"。唉,孩子们都希望学校倒闭,这样就不用上课了,或者希望狮子逃出动物园,占领学校。但是根本不会发生这样的事。

铠铠和仁灿到达废品站时，朴大叔正一边和来卖废品的奶奶说话，一边从奶奶的推车里把废品拎出来。

"哎哟，一下子拉过来这么多，腰会受不了的。不是都说了嘛，就算拿来一点点我也收，怎么这么不听话呢。"

奶奶满是皱纹的嘴巴嗫嚅着："还不是怕麻烦你。"

朴大叔提着废品，迈开步子。"真是的，都说了不麻烦了。"

铠铠和仁灿快步上前，低头打了招呼后走向了秘密基地。

这时大叔的声音响起："棚子里面的大锅，你们是从哪里弄来的？"

听着这话，铠铠立马一副惊弓之鸟的样子。"您去过基地了吗？"

"想知道你们拿了什么东西过来，就去看了看。"

仁灿抱怨道："您不是答应说不进去的吗？"

大叔放下了废品，摆了摆手。"没有，没进去。就是在外头瞥了一眼。"

铠铠观察着大叔的眼神。"没看见什么别的东西吗？"

大叔挠了挠头。"没吧，除了那个锅还有什么东西吗?"

仁灿抓起了铛铛的手腕,大声地说道:"下次没有我们的允许,您可不能进去了。"

朴大叔无可奈何地耸了耸肩。"知道了,知道了。你们这帮小子真是难伺候。"

这时候,老奶奶拉了拉大叔的袖子,问这次的废品能卖多少钱,大叔便从口袋里掏出计算器按了起来。铛铛和

仁灿赶紧朝秘密基地的棚子走去。

这个棚子搭在地上的木头柱子上,就像真的帐篷一样。棚子的出入口门帘向下垂着,只有把两边掀起来才能进去。于是铛铛和仁灿一人抓住一边,将其掀了起来。棚子除了有一个四方形的通气口外,四周密不透风,光也要从通气口透进来。所以这里比起外面,光线要暗一些。孩子们适应了里面的黑暗后,开始四下寻找起来。昨天带回来的宇宙飞船还原封不动摆在原地。

趁仁灿掖牢出口门帘的空当,铛铛呼唤起了软软。"软软,你在哪儿?"

一会儿,软软便从柱子上方探出了头。他蠕动着,宛如一只尺蠖一般,从柱子上滑了下来。

仁灿惊叹道:"哇,这也太厉害了吧。"

等到软软落了地,铛铛上前一把抓住了他的手。"太好了,没被发现。"

软软则一脸得意。"我的适应能力很好的。"

铛铛和仁灿把带来的食物递给软软。软软则一脸好奇地看着这些吃的东西。

铛铛说道:"我们得上学了。在我们回来之前,你要乖乖藏好。"

仁灿接着说道："一放学我们马上就来找你,我们保证。"

软软一脸的不舍,铛铛则将手放在了软软的肩膀上。"真的很快就回来。"

这时,软软才不情愿地点了点头。

上课时,铛铛和仁灿不停地扭啊扭,就差变成一个大麻花了。什么都学不进去,甚至连上了什么课都记不得。铛铛和仁灿只有一个念头——赶快回到废品站。

两人看了无数次的手表。放学时,老师刚说完再见,铛铛和仁灿拔腿就朝着废品站跑去。幸运的是,这天只有上午有课。铛铛和仁灿很快就到达了废品站。平时从学校到废品站快走也要五分钟,但那天,铛铛和仁灿创下了新纪录,只用了一分钟便赶到了。

再次见面的喜悦溢于言表,铛铛和仁灿抓着软软的手,在原地团团转着。

仁灿开口："我从来没觉得时间过得这么慢。"

铛铛又说："我还以为我的手表坏掉了呢。软软你呢？"

"原来时间是这么个东西啊。"

听软软这么说，铛铛和仁灿无奈地耸了耸肩。

随后，仁灿拿出了一个纸箱。"我们玩卡片吧。"

三人就地坐了下来，开始玩卡片。第一种游戏是，将卡片背面朝上放在地上，抽牌后，抽到花色相同的牌最多的人获胜。软软赢了。因为他好像能看穿牌面一般，每次都能神奇地找到花色相同的牌。第二种游戏叫"抓小偷"。这种游戏的规则是每个人手里的牌数都一样，每人依次抽取下家手里的牌，然后把和自己手中花色一致的牌拿出来，最后手中有王牌的人就是"小偷"。这一局依旧是软软赢。软软赢得越多，铛铛和仁灿就越不服。两人一脸"悲壮"地提议要换种游戏。这种游戏就是将手中的牌和地上的牌凑对，最后能把手中的牌全部都出去的人就是赢家。毫无意外，又是软软赢。铛铛和仁灿彻底泄气了。

仁灿噘着嘴问道："你是有什么透视眼吗？"

软软一脸"那是什么"的表情。

铛铛解释道："就是能穿过物品，从一面看到另一面。"

软软老老实实地摇了摇头。"我没有那种本事。"

仁灿问道："那你有什么能力？"

下一秒，软软的右手突然长长了，经过铛铛的背后一直够到了仁灿的背后。就这样，软软的右手一直延长成了一个圈，直到碰到了自己的左肩膀才停下来。铛铛和仁灿太惊讶了，嘴巴张得大大的。软软很骄傲地像刚才那样把自己的左手也变长，经过孩子们的背后围成了一个圈，直到碰到了自己的右肩膀。

铛铛和仁灿异口同声地说："太牛了。"

软软把自己的胳膊缩了回去。铛铛咕咚一声咽了下口水。

"腿也能这样吗？"

软软的腿也开始往两边长，直到把棚子围起来以后也没停下，一直向上够到了棚顶。之后软软的双脚则在空中划了一个圆圈，接着碰到了一起。

仁灿疯狂地拍起了手。"哇，你这个技能都能干点什么？"

铛铛看着空中软软那双接在了一起的脚,一时竟挪不开眼。"比赛吧,比比谁快。"

"做什么?"

铛铛立马说道:"我们比一比,看看是我们快还是软软的胳膊快。我们先跑,然后软软就这样原地坐着不动,只用胳膊和腿抓我们。"

仁灿一下子从座位上站起来。"说干就干。"

铛铛和软软说了下规则,然后就大喊了一句"开始"。与此同时,铛铛和仁灿背对着软软开始跑,而软软则为了抓住他俩不断伸长自己的胳膊和腿。但孩子也不是那么容易就抓得住的。大概是因为孩子们的速度太快了,每次都能在软软的胳膊和腿快要抓住他们的时候脱身。棚子里面很快就被孩子们的笑声和热气填满。软软则是一副不服输的表情，不断伸长自己的胳膊和腿。

不大一会儿，仁灿便因为太疲惫而被软软抓住了。仁灿立即就范。"投降，我投降了。跑不动了。"

这时铛铛也四脚朝天，仰面躺在了地上。"我也跑不动了。"

软软好像也已经气喘吁吁，鼻孔也比之前要更快地一张一合。

疯玩的时间总是过得很快，棚子里很快便黑了下来。等到太阳完全下了山，孩子们才走了出来。为了不被别人发现，软软用一条毯子盖住了自己的头。出了棚子，孩子们在就近的废品堆上坐了下来。

废品站门口的路灯已经亮了起来，将牌子上写着的"万物废品站"几个大字照得亮堂堂的。夜幕笼罩下，唯一还发着亮光的就是朴大叔居住的集装箱。仔细听的话，还能听到集装箱里朴大叔边做饭边轻哼着的歌声。大叔肯定以为铛铛和仁灿早就回家了。孩子们从来没在废品站待到这么晚过，有时赶上大叔忙着干活，他们甚至都来不及和大叔说再见就回家了。饥肠辘辘的孩子们拿出了自己囤的饼干吃了起来。幸好，地球的食物也很符合软软的胃口。铛铛和仁灿的父母都打来了电话，两人都解释说和对方在一起。黑漆漆的天空中，星星三三两两地闪着光，孩子们嘴里嚼着的饼干也发出脆响。

铛铛边嚼边问道："太空旅行怎么样？"

软软仰头看着天空。"要经过光隧道。"

仁灿往嘴里塞了一大把饼干。"光隧道？"

软软答道："宇宙飞船很快。在高速通过相隔较远的星球时就会出现一道长长的光。"

铛铛点了点头。"就跟汽车经过隧道时差不多吧。"

仁灿也点着头，又往嘴里送了一块饼干。

铛铛抖了抖手上沾着的饼干渣，转身看向了软软。"银河是什么样？你见过没？"

软软摇了摇头。"银河？"

铛铛见状接着说道："就是很多星星凑在一起，组成了一条像宽阔的河一样的东西。"

"在太空中，那种东西有几十个。远看很漂亮，但是凑近就可能发生危险。"

仁灿瞪大了眼睛。"危险？"

软软用手指向了天空。"暗处里藏着很多我们看不见的东西，有的地方一旦进去就出不来了。"

铛铛像知道答案一般大声地回答道："黑洞。"

仁灿也不甘示弱地插了进来。"我也知道。引力的影响太强，就算是光掉进去了都出不来，所以看起来黑咕隆咚的，对吧？"

"哟，你还挺厉害嘛。"

"这都是河载哥教我的。"

"就是那个学机械工程的哥哥吗？"

"嗯，最近河载哥住在我家，说是近期有个什么考试，我们家离补习班近。所以他要一直住到考试结束呢。"

"喂，有这等好事你应该早点告诉我才是啊。我有很多东西想问河载哥。"

对于从小喜欢鼓捣机器的铛铛而言，河载哥简直就是神一般的存在。他和铛铛一样喜欢研究机械，手也很巧，

几乎没有不能修的。他还帮铠铠和仁灿修过自行车,家里常用的小家电更是不在话下,不久前还修理过一辆坏了的汽车。

"对不起,本来想和你说来着,但是因为突然见到软软就忘了。"仁灿挠着头解释着。

"可以把软软介绍给河载哥认识吗?"铠铠观察着软软的神情,"软软,可以吗?"

软软却摇了摇头。"最好不要和地球人见面。"

铠铠也想起来第一次见到软软时做出的承诺。

"还是不要把软软的存在告诉别人了,我们保证过要保守秘密的。所以,就算对方是河载哥也不能说。"

仁灿也点了点头。"行,知道了。"

三人同时将剩下的饼干倒进嘴里。天上的星星升得更高了,弯弯的月亮高悬于天空,发出银色的光。

这时,软软好像自言自语一般,喃喃道:"在地球上看天空真漂亮。"

铛铛问道:"你生活的地方是什么样的呢?"

"是个好地方,周围有三颗卫星。我很想念我的朋友们。"

铛铛和仁灿同时看向了软软。不知怎么的,两人觉得此时凝视着天空的软软很可怜。铛铛和仁灿也曾经分开过很长一段时间。仁灿曾去外国的亲戚家住过一个月,那个地方通信不发达,两人不能经常联系。就这样杳无音信地

生活了几周后，两人都变得无精打采了。特别是在太阳落山和夜晚时，两人对彼此的思念都变得愈发迫切了起来。铛铛和仁灿觉得此时的软软和当时的自己是一样的。

铛铛小声问道："你想回去了吗？"

"我一定会回去的，一定会的，我不是地球人，我是齐奥尔科夫星人。"

这时，铛铛和仁灿的手机来了短信，是家长在催他们快点回去。铛铛和仁灿小心地看着软软，把软软一个人放在这里总觉得心里不是滋味，但是又不能整晚待在废品站，不回家。

仁灿支支吾吾地说道："我们得回家了。"

铛铛也是一脸歉意。"明天我们再来。"

软软依旧看着天空，铛铛和仁灿在他面前犹豫了好一会儿后才爬了下来。

仁灿压低声音说道："软软，晚安。明天我们给你带好吃的。"

铛铛则看向大叔住的集装箱周围，发现没什么异常后，用高于仁灿的声音说道："明早我们早点来，我们保证。"

直到孩子们说了再见，软软依旧凝视着天空。两个人盯着好像长在了废品堆上的软软看了好一会儿才动身。他们在经过朴大叔的集装箱时踮起脚尖，悄悄地溜了过去，被抓住了的话，大叔一定会盘问为什么这么晚了还不回家。他们可不想听他唠叨。随后，两人又从集装箱的窗户下面匍匐着爬了过去。电视的声音伴着大叔的笑声从打开的窗户里飘了出来。从废品站离开，他们走进家所在的那条胡同。这期间两人一言不发，好像都在聚精会神地想着什么事，一件相同的事。到了大门口，两人才开始向彼此确认。

铛铛率先开口了。"我们帮忙修好宇宙飞船吧。"

"我也是这么想的。"

"我们帮助软软回到齐奥尔科夫星球吧。"

"好，就这么办。"

"你知道该怎么做吧？"

"当然啦。"

我回来啦。

这都几点了，怎么才回来？

"那明天我们早点见面。比平时提早一小时。怎么样?"

仁灿将手指掰得啪啪作响。"就这么定了。"

就这样两人打定主意,踌躇满志地推开了大门。刚一进家,就被父母劈头盖脸骂了一顿,但两人毫不在意。因为在铠铠和仁灿两人心中有一个大计划才刚刚开始。

宇宙是一个怎样的地方？

说到宇宙，你会想起什么呢？

大概每个人都有不同的想法。首先，宇宙要比我们想象的还要广阔得多，即使以光速飞行，也要大约 136 亿年才能到达观测范围内宇宙的尽头。相较于地球，太空的最大特征就是"真空"。太空中没有空气，也没有任何声音，压力也非常小。如果人类在没有宇航服的情况下到太空，那么身体就会因承受不住压力而爆炸。因为没有可以均匀传热的空气，在月球上阳光所及之处温度高达 120 摄氏度，而阳光不可及之处则低至零下 180 摄氏度。

除此之外，宇宙中还有彗星、恒星、行星、黑洞、气体云以及包含伽马射线在内的放射线。恒星是指能够自发光的所有天体，其中就包含了太阳。而围绕着太阳的水星、金星、地球、火星、木星、土星等都被称为行星。彗星是围绕太阳呈一定周期转动的天体，固态部分由冰块和不易熔解的物质组成，它也可能会在沿轨道公转的过程中消失。但是如果在公转时与行星相撞，则会产生巨大的破坏力。有一种说法是，恐龙统治地球的白垩纪时代就因地球与彗星相撞而终结。宇宙中尚未被发现的东西数不胜数，我们对宇宙的探索也将一直继续下去。

研究宇宙的机构

世界各国都在研究宇宙。下面就给大家简单介绍几个研究宇宙的机构。

韩国航空宇宙研究院

为了进行航空宇宙开发，韩国于1989年设立了韩国航空宇宙研究院（KARI），主要负责航天器核心技术的研发工作。1999年韩国成功发射了第一颗人造卫星——阿里郎1号，2013年成功发射了阿里郎5号，同年搭载人造卫星的运载火箭"罗老"号也成功问世。

韩国天文和空间科学研究所

为了能够全面观测太空，韩国天文和空间科学研究所于1974年成立，自1999年起开始转变成独立的法人企业，拥有大型天文望远镜和射电望远镜。为了更好地观察行星，避免受

到周围灯光的影响，KASI 专门在小白山设立了天文观测台。

美国国家航空航天局

美国国家航空航天局（NASA），作为负责太空探测和宇宙飞船开发的美国国家机关，负责美国一切太空计划的制订和执行，主导着世界上规模最大的太空开发项目。该部门于 1958 年成立，总部位于美国的首都华盛顿。在苏联发射第一颗人造地球卫星后，1969 年发射"阿波罗"号飞船，并首次实现了人类登陆月球。美国国家航空航天局计划于 2040 年实现人类登陆火星。美国等 16 个国家联合起来在距离地球 400 千米处的轨道上建立了国际空间站，并向此处输送宇航员，以便进行各项实验。除此之外，它还和民营企业进行合作，发展太空旅行观光产业。或许在不久的将来，NASA 的太空观光船也将遨游在宇宙中。

俄罗斯国家航天集团

俄罗斯国宝航天集团（Roscosmos），成立于 1992 年。1957 年，苏联发射了人类历史上第一个人造卫星——斯普特尼克 1 号，震惊了世界各国。俄罗斯国家航天集团负责对太空科学产业和航空航天领域的研究与开发，现在也在积极建设空间站，尤其是还发射了联盟号载人飞船，将宇航员送上国际空间站。

欧洲空间局

欧洲空间局（ESA），于 1975 年成立，包含 22 个成员国。总部位于法国巴黎，目前管理着法国研发的"阿丽亚娜"运载火箭。同时还参与了包括和美国国家航空航天局共同研发哈勃空间望远镜的各种项目。20 世纪 90 年代末，ESA 正式开始了太空探测工程。2004 年发射了"罗塞塔"号彗星探测器，搭载的菲莱登陆器于 2014 年 11 月实现了人类史上第一次彗星着陆。近期，与美、俄等国联合开展了包含火星探测项目的各种太空探测项目。

中国国家航天局

中国国家航天局（CNSA），成立于 1993 年。近年来，中国在航空航天领域成为一颗冉冉升起的新星。中国国家航天局发射了神舟载人航天飞船，2021 年 4 月 29 日，天和核心舱成功发射入轨。用时不到两年，中国完成了以天和核心舱、问天实验舱和梦天实验舱为基本构型的空间站组装建造，建起一座国家级太空实验室。

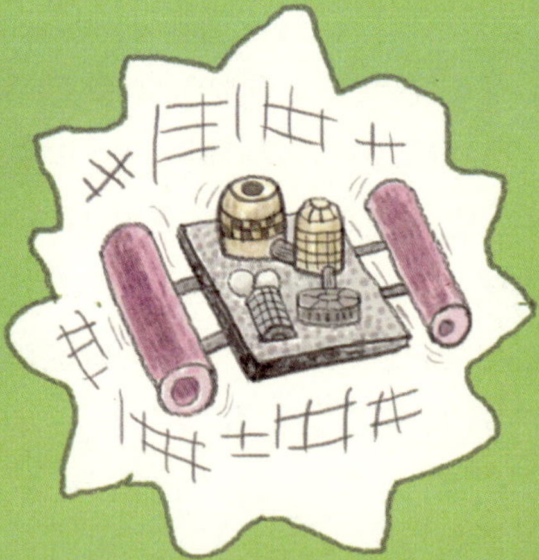

第4章

造船计划

　　幸运的是,第二天就是周六。孩子们不用去学校。换作平时,两个家伙肯定会睡懒觉,但是今天他们却早早起了床,甚至要比上学时起得还早。一跃而起的铛铛率先带上了工具箱,工具箱里各种工具非常齐全。别的孩子过生日时收到的礼物都是玩具,但铛铛收到的是各种工具。而且,随着年龄的增长,他收到的工具也越来越好。所以毫无疑问,铛铛最宝贝的东西就是那个工具箱了。

　　同一时间,住在隔壁的仁灿将家里所有跟宇宙和宇宙飞船有关的书全部装进了书包里。

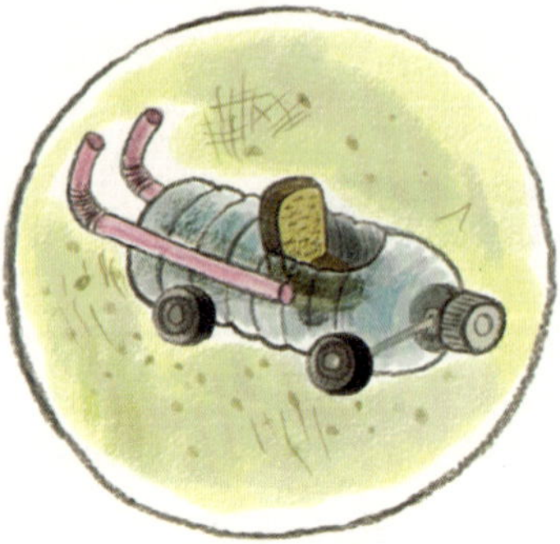
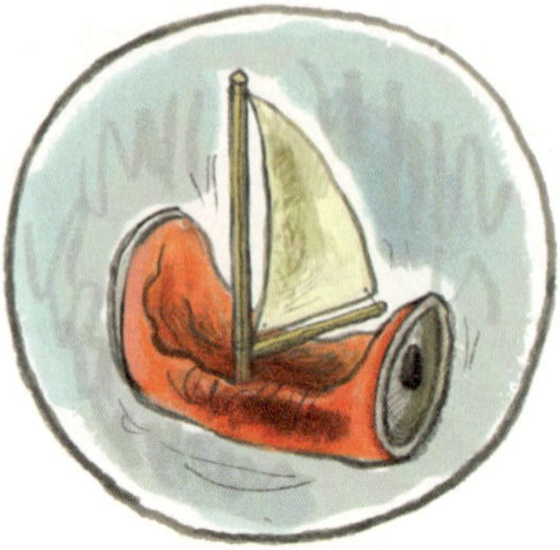
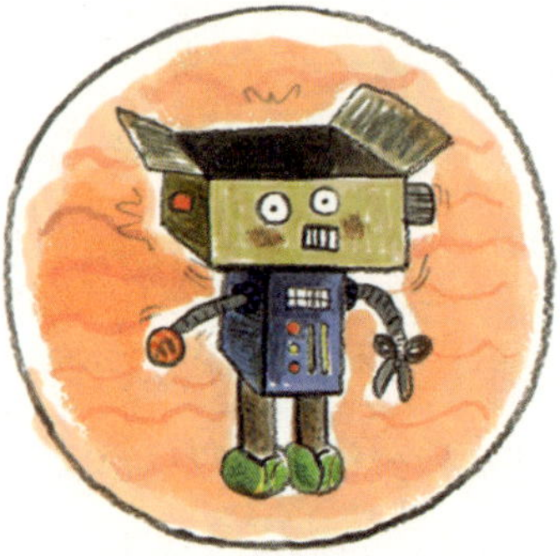
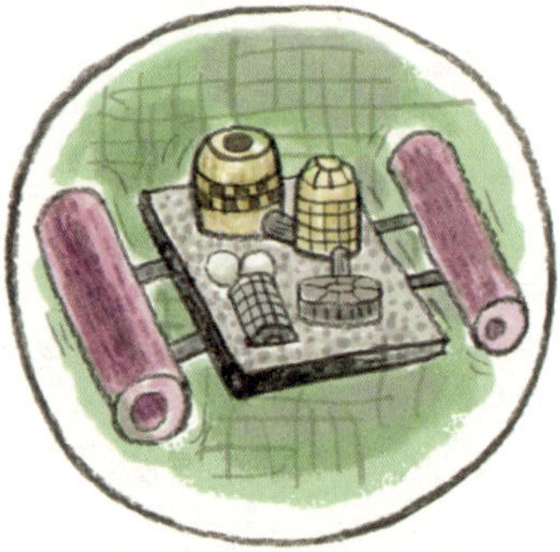
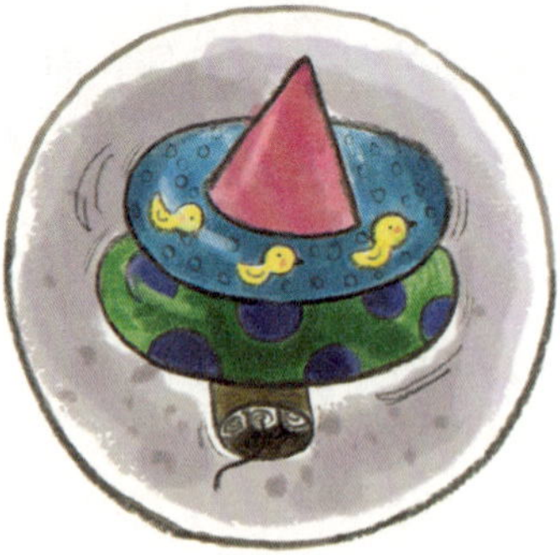
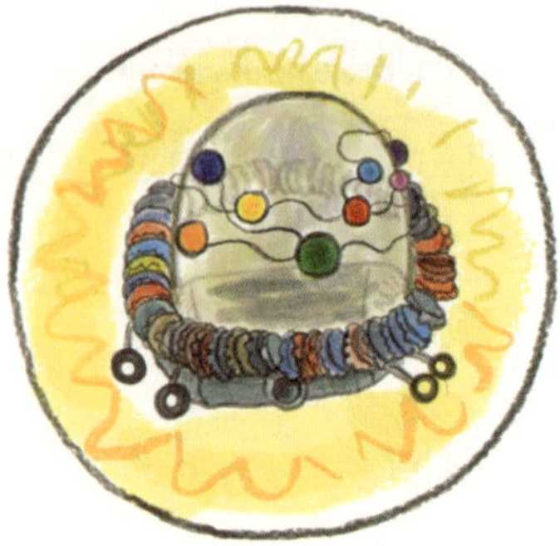

如果说工具箱是铛铛的宝贝,那这些密密麻麻贴着索引便利贴的书就是仁灿的宝贝。与喜欢敲敲打打做东西的铛铛相反,仁灿则喜欢安静地学习各种专业知识。所以,仁灿负责在脑海中勾勒设计图,铛铛则负责按照设计图做东西。而二人合作做出的东西就放在了他们的秘密基地里。其中有塑料瓶小汽车、罐头盒做的小船、纸箱机器人、塑料泡沫做的太空基地、游泳圈做的火箭和瓶盖做的宇宙飞船等。其中的瓶盖宇宙飞船就是用废品站里的瓶盖做的。他们将瓶盖敲扁,钻上孔以后串起来。仅仅是这项工作就耗时两个月。瓶盖飞船呈圆盘状,上面盖着一个透明的塑料盖子,下面还装上了从玩具小汽车上卸下来的发动机和轮子,因此是可以开起来的。但是不能上天,只能在地上转圈。它在启动时会闪灯并且发出声音,制造音效的零件也是从一个坏了的玩具上拆下来的。

但是修理一个真正的宇宙飞船可没那么简单。铛铛和仁灿心一横便走出了家门。铛铛握紧了手中的工具箱。"一定要把软软送回家。"

仁灿也紧紧地揪着书包带。"我已经做好了为这件事情奉献一生的准备啦。"

"我用我的名字和生命担保,我会赌上我所有的东西。"

这时仁灿指了指工具箱。"包括它?"

铛铛将工具箱抱到胸前。"当然了。"

铛铛抬头,用下巴点了点仁灿的书包。"你呢?"

"当然,我也赌上我的全部。"

铛铛和仁灿气宇轩昂地走进了废品站。

朴大叔含着一嘴的牙膏泡泡吃惊地瞧着他俩,他赶紧用杯里的水漱了漱口。"今天又来干什么?"

铛铛提着工具箱伸到大叔眼前。"有东西要修一修。"

大叔一脸好奇地走了过来。"就那口大锅?"

仁灿抬高嗓门说道:"那不是锅,是真的宇宙飞……"

铛铛赶紧捅了一下仁灿的腰,支支吾吾地说道:"对,没错,我要让那口锅更漂亮。"

"是吗?看你们干得倒是有模有样,说不定还真能鼓捣出点什么。好好干吧。"

"好。"

两人齐刷刷地回答后,斗志满满地朝棚子走去。软软听出了孩子们的声音,立刻从棚顶滑到了地上。

看到铛铛和仁灿进来,软软说道:"地球人真守信。"

铛铛则一脸骄傲。"承诺和生命一样重要!"

仁灿也争着走上前。"无论如何,我都信守承诺!"

孩子们把从家带的食物放到地上,有水果、面包、玉米和豆子罐头、芝士、果酱、花生、杏仁、李子干、肉干,多种多样。

软软咬了一大口面包。"地球上的东西真好吃。"

仁灿给软软递了一块李子干。"只要你开口,要多少我都给你带来。"

孩子们吃饱之后开始正式修理飞船。飞船并不重,三个孩子合力就可以抬起来。

铛铛抓住飞船的一端。"我们把它挪到中间吧。"

不一会儿,飞船就被搬到了棚子正中间。铛铛绕着飞船慢慢走了一圈。"得先把瘪进去的地方给扳回来。"

仁灿往飞船里面看了看。"我先检查一下有没有断掉的线。"

这时,软软问道:"那我做什么?"

整个头都埋在飞船里的仁灿抬起了头。"如果你能把飞船的设计图给画出来就好了,这样就能知道它的构造究竟是怎样的了。"

软软点了点头。"没问题。"

仁灿从书包里掏出纸和笔,软软立刻便接过画了起来。仁灿在飞船内部,将原本乱成一团的线一一解开,给断了的线都贴上了标签。铛铛带来了大锤子、小锤子还有垫铁,将瘪进去的部分重新弄平。紧接着,棚子里便充满着铛铛、通通、嗒嗒、砰砰的声音。仁灿和软软也在这样的节奏中加快了干活的速度。

到了中午,大家的工作略有成果。仁灿了解了飞船内部所有坏掉的部分,铛铛也将外部和内部瘪进去的部分复原了。软软也顺利画完了飞船的设计图。孩子们围着站在一起,看着飞船。

过了半天,铛铛开口了:"能启动吗?"

"里面断掉的、坏掉的地方太多了,可能启动不了。"

"果然是这样,现在就剩下修理工作了。"

仁灿拿出一个笔记本,上面写着飞船坏掉了的部分。"能修吗?"

铛铛盯着笔记本上记的东西看了好一会儿。"不知道。"

软软一脸失落,铛铛随即安慰道:"别担心,现在还不到放弃的时候。"

仁灿也跟着说道:"我相信铛铛。"

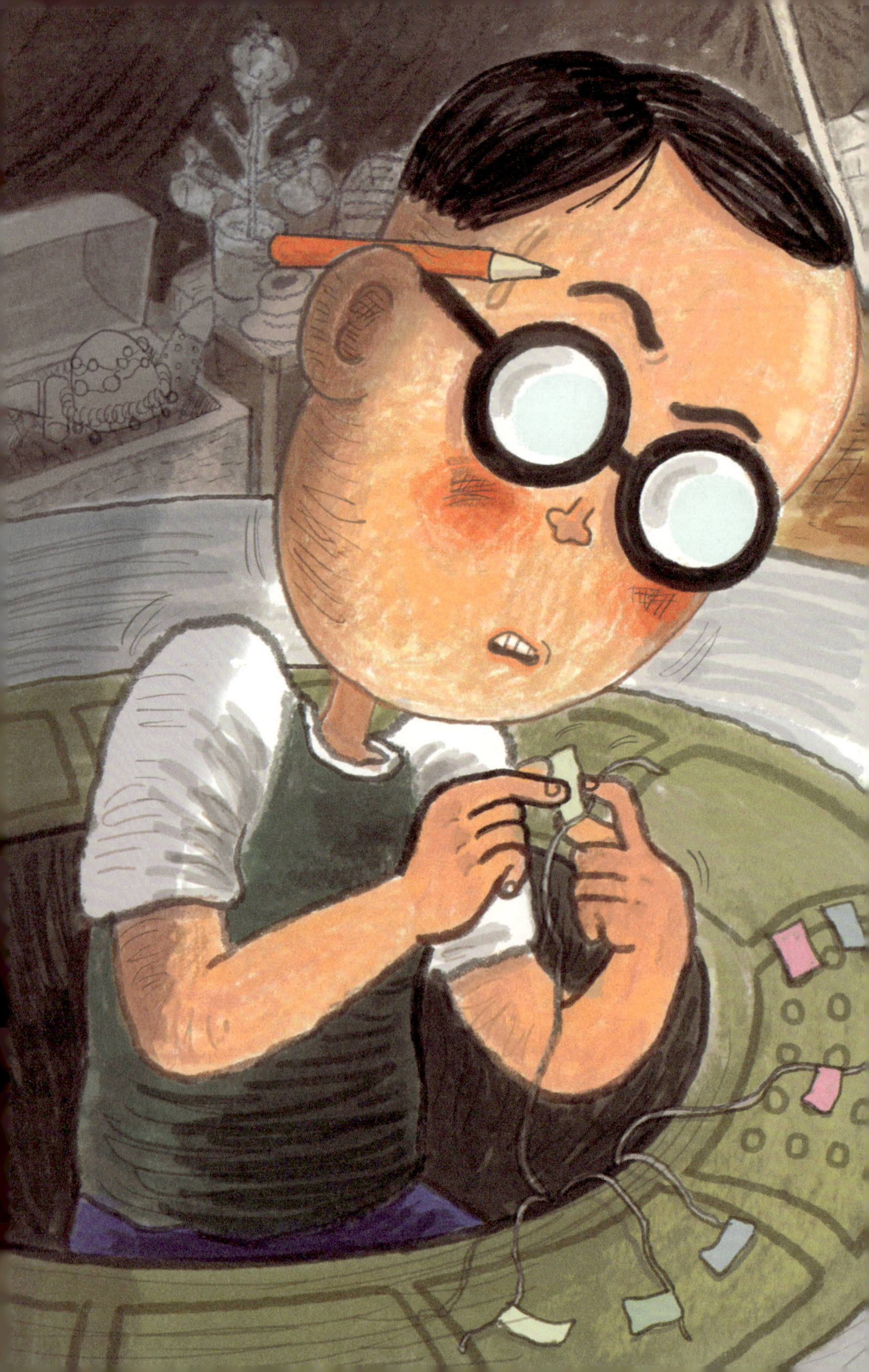

铛铛铛……

"好，那现在我们需要了解一下飞船的运行机制。"

孩子们打算根据软软画的设计图，了解一下飞船究竟是怎样运行的。

铠铠把边边角角都仔细观察了一遍后，问道："用的什么燃料？"

软软打开飞船下方的一个盖子，里面是一个固体块状物，散发着蓝色的光。"这个东西就是燃料。"

铠铠和仁灿惊奇地看着这一块蓝色的东西。

待软软重新盖上了盖子，仁灿说道："总之还是蛮幸运的，起码还有燃料。"

铠铠指着飞船的内部，问道："要怎么启动？"

仁灿也是一脸好奇。"要想去太空的话不是得要火箭吗，而且得是三级火箭。只有这样才能穿过大气层到达太空呀。"

"是吗？但是火箭并不是我们能造的东西啊。"

听了这话，一直默不作声的软软指了指飞船内红色的按钮，说道："按这个按钮就能去太空了。"

铠铠和仁灿睁大了眼睛，一脸的不可置信。"也就是说不需要火箭就能飞？"

软软回答道:"是的。"

"哇。"

孩子们同时发出了惊叹声,看向飞船的眼神也和之前不一样了,变得更加崇拜。

"真厉害。"

软软飞船的构造要比想象中的简单。首先在电脑上输入目的地,然后按几个按钮,飞船就可以飞向太空了。现在的问题是,飞船在降落地球时受到了撞击,部分设备损坏了。

仁灿担心地说道:"现在怎么办?"

铛铛则一脸认真地看着仁灿的笔记本。"我们可以将断掉的线重新接上,反正我们之前也接过收音机和台灯的电线。做完这些以后飞船是不是就可以重新启动了呢?我们先试试吧。"

在铛铛的全面指挥下,飞船的内部修复工作开始了。太阳逐渐升起,棚子里的温度越来越高,孩子们的脸上、后背上都汗津津的。因为要钻到飞船底下去维修,孩子们的衣服也变得脏兮兮的。但铛铛和仁灿不愿停下,软软也忙着辅助二人。铛铛的工具箱里有焊接设备,从故障电器上拆下的电线，甚至是用于包电线的胶带都十分充裕。

就这样，一小时、两小时、三小时、四小时……时间在不知不觉间溜走。最终，铛铛接好了所有断掉的电线，仁灿也将原本晃晃荡荡的其他装备固定到了原位。这期间，软软频繁地走动在铛铛和仁灿之间，解答着问题，胳膊、腿都抻得长长的，以便及时递上孩子们需要的工具。孩子们顶着满是汗和泥的脸，站在了飞船前。铛铛用手背蹭了蹭脸，脸上便立即沾上了一块黑乎乎的污迹。

仁灿看着铛铛的脸，笑着说道："喂，你的脸也太好笑了吧。"

铛铛也直勾勾地盯着仁灿。"你也不赖。"

仁灿吵着要看看自己的脸，开始四处找镜子。但棚子里哪儿来的镜子呢。就这样，孩子们互相闹着，互相取笑彼此的小脏脸儿，直到闹不动了才停下来。

最后他们并排站在飞船前，铛铛开口了。"软软，你试一下吧。"

软软伸出手，按了一下红色的按钮。紧接着飞船哆哆嗦嗦抖了起来，灯也陆续亮了。孩子们惊讶之余欣喜若狂，但是飞船发出了哔哩哔哩的声音以后就停了下来。

仁灿慌张地问道："这是怎么了？"

铛铛也面色凝重。"是出了什么问题吗？"

软软走进飞船内部，对修理过的部分再次进行了检查，那样子细心又冷静，铛铛和仁灿不敢随便打扰，只能静静在一旁看着。就这样又过了很久，久到棚子里面都黑了下来。铛铛和仁灿内心十分焦灼，原地走来走去。这时飞船里面传来了咣当一声。软软走出飞船，将一个小箱子递给了铛铛和仁灿，同时张开了另一只手，那里有一个类似于饼干渣一样的东西。

仁灿问道："这是什么？"

软软回答道："能让飞船动起来的零件。"

铛铛一脸不可置信地追问道："这是零件？可是都已经碎成这样了。"

三人都紧紧盯着那个碎了的零件。软软说如果不能换一个新的零件，那飞船将无法启动。但是这个零件原来长什么样，软软也不知道。

铛铛沮丧地说道:"那就只能这样放弃了吗?"

"再做一个不就好了嘛。只要能知道它原来长什么样,就可以了。"

"这都碎成渣了,上哪儿知道去啊?"

仁灿看向了软软。"告诉我这个零件所在的位置。"

软软将那个从飞船里拿出来的机械箱子递给了仁灿。

仁灿接过箱子，比着它在纸上画出了一个大小一致的图形。铠铠将角落里的灯拿过来，放在了正在画画的仁灿身边。仁灿用卷尺测量了箱子的长度，在纸上记录了一下。那个装置上有两个朝向不同的横轴，而掉下来的零件，也就是那个碎得像饼干渣一样的零件正是用于连接两个横轴的。仁灿将原装置的样子完整拓下来后，又重新思考了两个横轴的运行方式，想象了一下衔接部分零件的样子。在仁灿画完之前，铠铠和软软打算再检查一遍飞船。

不一会儿，蜷缩在角落里的仁灿突然站了起来。"我想到了。"

铠铠立即停下手头的活计，朝仁灿走了过去。"搞明白了？"

仁灿摇了摇头。"不，我想到了一个更好的办法。"

"什么办法？"

"拜托河载哥帮忙。"

"河载哥？"

"对，如果河载哥在的话，他就会知道这里到底要安一个什么样的零件。"

"但是，要怎么和他说呢？"

"别担心，我会看着办的。你就说你正在修的东西必须要有这个零件。"

"就这么定了，试一下吧。"

这时，外面传来了朴大叔的声音。"你们这帮小子，还不回家？这么下去爸妈又要骂你们了。"

孩子们赶紧把棚子收拾好。又到了与软软的分别时刻，孩子们难免心里挂念，软软也对必须回家的孩子们投来了理解的目光。

软软对孩子们说道："朋友们，明天见啦。"

铛铛应道："对，我们明天见。"

仁灿把剩下的食物拿出来，给了软软，说道："等我明天的好消息吧。"

软软微微笑了笑。于是孩子们与软软告别后走出了棚子。

当跟小乞丐一样的他们一出现，正在整理废品的朴大叔便跑了过来。"你俩打架了？"

铛铛和仁灿赶紧摆手。"没打架。"

大叔边往废品堆走，边向他们飞来凌厉的目光。"打架的话，就别怪我把你们赶出去。"

铛铛和仁灿立刻表现得非常哥俩好,回答道:"您放心。"

走出废品站时,晚霞满天,两个小孩迎着夕阳,往家赶去。

宇宙飞船和宇航服是怎样做出来的？

宇宙飞船的构成

穿过大气层飞向太空，需要很快的速度和相当大的力量。客机飞行的最大高度为 12 千米，宇宙飞船的飞行高度是它的 10 倍以上，而且是以高速飞行。在这样的速度和高度下，宇宙飞船的制造工艺势必比普通的飞机高很多。宇宙飞船必须借助火箭的推力上天，而且并不是一台火箭，而是多台火箭。这就是多级火箭。史上第一位设想用火箭提供助推力的人是苏联的物理学家齐奥尔科夫斯基。

运载火箭呈长条状，真正能够飞往太空的只是火箭最前端的部分。最底端部分是一级火箭，从下往上依次是二级火

韩国国立中央科学馆内展示的运载火箭"罗老"号的模型

箭和三级火箭。火箭最大的部分就是燃料筒，那里装载的燃料足足有几百吨，负责将宇宙飞船推向太空。发射后的火箭首先消耗的是一级火箭里的燃料，然后依次是二级和三级火箭里的。这期间那些耗尽了燃料的火箭会自动掉落。因为只有这样，运载火箭才能更轻，也才能飞得更高。

如果能够开发一个比现在使用的燃料更轻的燃料会怎么样呢？或者能够用更轻但更结实的材料造火箭会怎么样呢？又或者制造一个能以超高速升至太空的电梯又会怎么样呢？你觉得这是痴人说梦？事实是，现在人们仍在研究能够让飞船飞往更高太空的各种方法。怎样才能飞得更远？怎样才能飞得更快？……思考并致力于解决这些问题的学科就是航天工程学。

世界上最贵且最安全的衣服——宇航服

世界最高山峰珠穆朗玛峰的高度为 8848.86 米，空气稀薄，在没有任何辅助工具的情况下是几乎上不去的。

攀登珠穆朗玛峰的人一定要穿着特制的登山服和登山鞋，携带供氧装置。登一个不到 9000 米高的山峰尚且需要这样专业的设备，那如果飞到 100 千米以上的太空会怎样呢？那就需要更过硬的设备。太空处于真空的状态，同时还存在着许多对人体有害的放射线。要在保证宇航员安全的前提下展开太空探索工作，这就需要安有特殊装置的宇航服。

　　用一句话概括的话，宇航服是一件能够让宇航员在太空中如同在地球上一般舒适的衣服。它可以维持宇航员正常呼吸所需的氧气供给，调节温度与压力，阻挡强烈太阳光和伽马射线，装有能够满足宇航员生理需要的小便桶，同时还带有便于宇航员吃饭喝水的吸管。

　　带有各种装备的宇航服是由能够抵御宇宙恶劣环境的特殊材料制成的。韩国使用的宇航服，布料层数从原来的 12 层增至现在的 14 层。包裹在最外面的头两层分别是特殊合成纤维层和隔热层。结实的纤维层可以将宇航服的内部压力值调节到人体可以承受的范围之内。而隔热层则可以保持宇航服内部的适宜温度。除此之外还有各种材质的布料层，比如可以确保宇航服紧紧包裹着宇航员身体的氨纶层等。这样一个制作复杂的宇航服总质量在 100 千克左右。但是由于太空处于失重状态，完全感受不到质量的存在，所以即使有 100 千克重，宇航员也并不会感到不舒服。

那么宇航服的价格是多少呢？能够确保宇航员在飞船外也能安全作业的宇航服价格高达 3000 万人民币。鉴于这是一件能够保护生命安全的衣服，所以不能用价格高低来衡量。但是宇航员也不是总要穿着这样一件 100 千克的衣服，在飞船内他们也可以像在地球上一样"轻装上阵"，便装的材质是天然棉花。除此之外，宇航服也分为在飞船内穿的和在飞船外穿的两种。

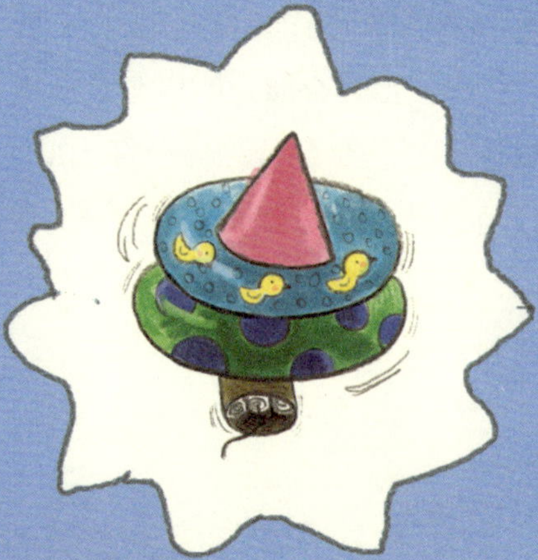

第 5 章

成为宇航员的方法

周日的早上,铛铛早早地就去了仁灿家。因为周日河载哥不用上补习班,所以孩子们更是满怀期待,相信事情都会刷刷地迎刃而解。毫无疑问,这个时间,河载哥还在自己的房间里呼呼大睡呢。看着他打着呼噜的样子,不知道的还以为现在是半夜呢。仁灿拉开窗帘,阳光立刻便洒满了房间。

仁灿一脸的得意,趴在河载哥耳边,大声地喊道:"起床!"

但是河载哥竟然动都不动,也不对,是稍微动了动,

83

将原本夹在两腿中间的被子一下子扯过来盖在了头上。

纵然仁灿再怎么使劲儿扯,但被子依旧牢牢地抓在河载哥手中,纹丝不动。

仁灿使出了吃奶的劲儿,边扯边说:"让你起来啦。"

埋在被子里的河载哥嘟囔道:"昨晚熬夜了。"

铠铠拉开了仁灿,说道:"哥,我有要紧的事。"

听了铠铠的话,河载哥从被子里露出了脸。睡眼惺忪的他眼角还挂着一粒眼屎。他眨了眨眼,假装认识铠铠一样,开口说道:"你也在啊。"

但是,说完以后,只见他又重新拉过被子蒙住头,朝着墙那边翻了个身,说道:"对我来说,睡觉最要紧。"

仁灿一脸不满。"你真的要这样吗?"

铠铠急切地说道:"哥,你一定要帮帮我。"

河载哥在被子里说道:"我凭什么非得帮?"

铠铠和仁灿互相对视了一眼,知道不能和河载哥说软软和飞船的事。因为铠铠和仁灿都已经做过了保证。

一会儿,铠铠说道:"因为哥哥是我的偶像啊。"

被子里的河载却还是默不作声。但是过了一会儿一只脚却

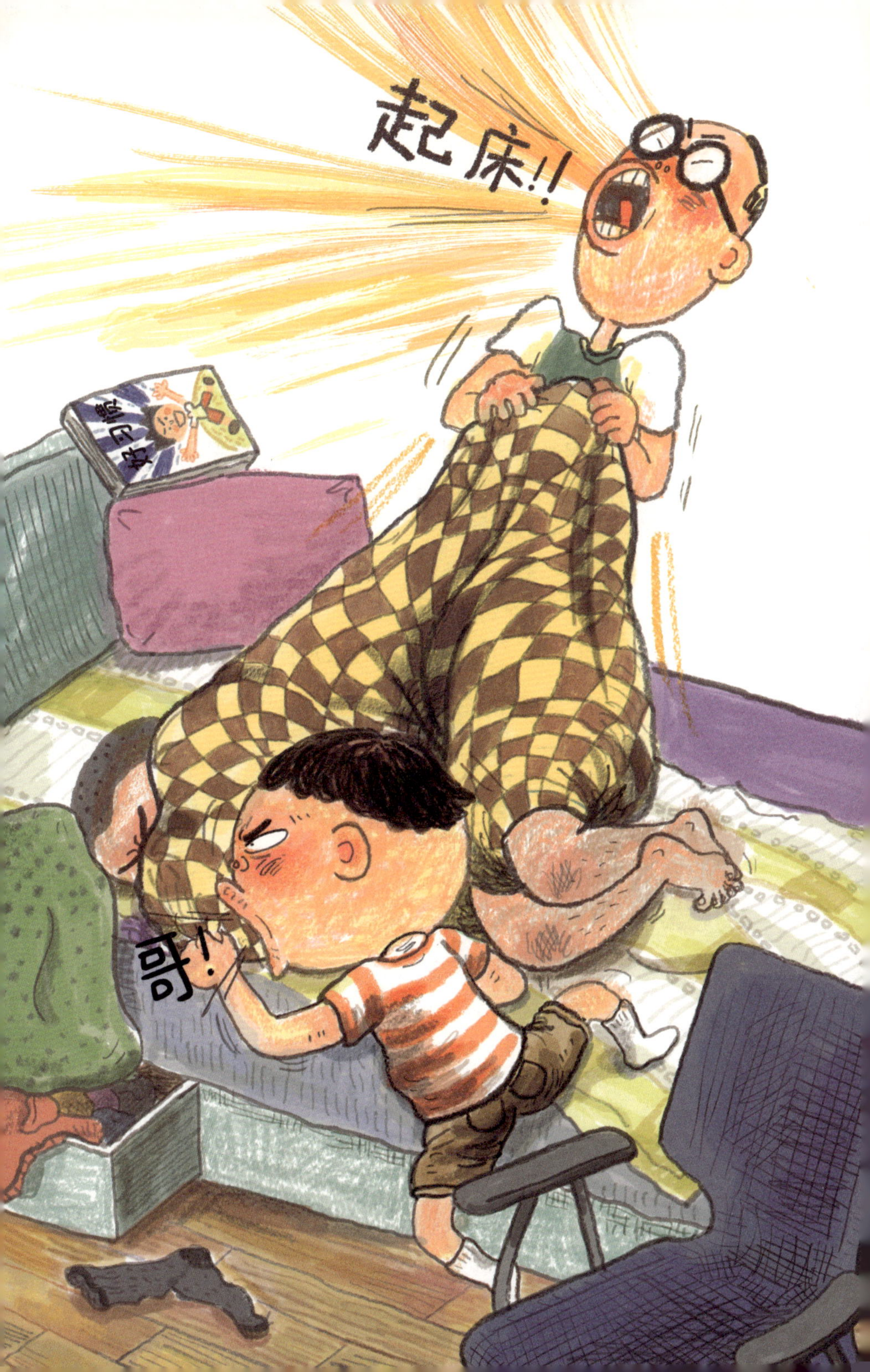

忽然伸了出来。"你说我是你的偶像？"

"对，哥哥就是我的偶像。"

"为什么？"

"是仁灿说的。他说没有什么东西是你做不出，修不好的。我也想像你一样，所以把你当成我的偶像。"

河载下床后，将手按在了铠铠和仁灿头顶上，胡乱地拨弄了两下。"臭小子们，眼光倒是还可以。说吧，让我帮什么？"

等河载把眼角的眼屎擦干净，仁灿就立刻递上了那个笔记本。"这里不知道应该加一个什么零件。"

河载盯着仁灿画的图看了好一会儿。"这个东西是怎么运转的？"

这次换成铠铠回答了。"这两个横轴分别朝着相反的方向活动。"

这么说着，铠铠还用手演示了一下。

河载看着他，满脸疑惑。"话说你们为什么需要这个东西？想拿来干什么？"

这次仁灿走上前，说道："你什么也别问，就帮帮我们不行吗？"

铛铛虽不想像仁灿一样任性,但是又不能把实情和盘托出,只能说道:"真的是非常重要的事情,但是现在我们不能说。等到成功那一天,我们会告诉你的。"

河载哥眯起眼,看着两个孩子。"不是什么危险的事情吧?"

铛铛和仁灿赶紧忙不迭地点头。

河载哥一脸无奈,用手揉了揉胡子拉碴的下巴。"朝相反的方向……"他一边喃喃自语,一边坐到了桌前,在纸上写下了什么。

铛铛和仁灿站在一旁看着,发现河载哥写下的都是些小小的、看不懂的符号和数字。只见他一会儿在这些符号旁边画大小不一的圈,一会儿又放下笔,用手模拟两个朝相反方向转动的横轴的样子。铛铛仿佛看见了河载哥脑袋里那个零件的各种形态正在源源不断地涌出来。工作丝毫没有要结束的迹象,铛铛和仁灿开始站不住了,扭来扭去,腿也开始抽筋。仁灿悄悄地坐到了床上,过了一会儿,铛铛也在仁灿的旁边坐了下来。河载哥全神贯注,好像已经忘记了铛铛和仁灿的存在。画满符号、数字和图形的纸有 20 多张,散落在书桌和地板上。时间一分一秒地过去，不知不觉间孩子们已经倒在床上睡着了。或许是因为起得太早，又或许是被子让人睡意浓浓。河载哥要求保持安静，孩子们本只是想听话地闭嘴，但还是难敌无聊，彻底睡了过去。

最后叫醒孩子们的是河载的高呼声。"做完了！"

铛铛和仁灿揉揉眼睛坐起身来，他们愣愣地看着河载哥正在挥舞着手中的纸。

他将纸递给了铛铛，并说道："你们是要自己亲手做这个东西吗？"

铛铛接过纸，使劲儿盯着上面画的东西。画的长度与横轴的一样，并且还在画的两端末尾处各画了一个凹槽，还仔细地标上了厚度和长度的具体数值。

一直在铛铛旁边看图的仁灿抬头，说道："哥，你做不出来吗？"

刚爬上床的河载将跨坐在床角的孩子挤了出去。"这个怎么可能做得出来，得有专门的加工设备。"

铛铛看向了河载。"需要什么样的设备啊？"

刚想躺下的河载又歪歪扭扭坐了起来，说道："应该要有装铁水的模具和专门打铁的设备吧。"

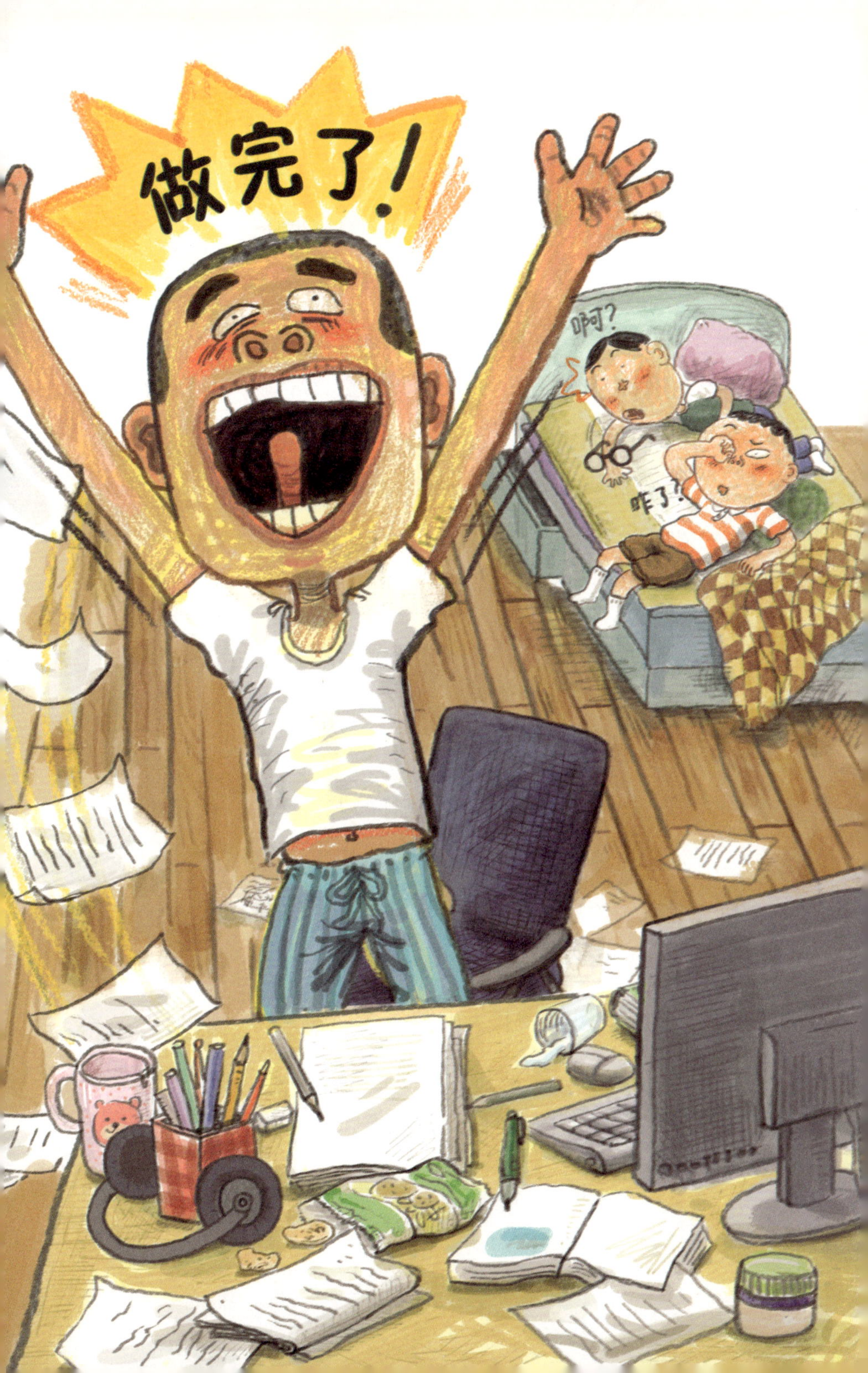
做完了！
啊？
咋了？

这时，铠铠和仁灿脑海中都不约而同地想起一个人来，那个人就是废品站的朴大叔。他会把坏掉的东西，特别是由铁片组成的东西修好，卖给物品回收站。而且大叔的手艺非常好，就连回收站的老板都夸奖他。朴大叔有时会蹲在废品站的角落，火花四溅地进行焊接，用那台轰隆隆的机器打磨铁块。

铠铠将手中的纸叠好放进口袋。

仁灿则再次向他确认一般地问道："是要去废品站吧。"

铠铠肯定地点了点头。两人就这样争先恐后地走出了房间，关上门时还不忘跟河载哥道谢。

"哥，谢谢你了。"

"以后我一定要成为和你一样的人。"

河载迷迷糊糊地朝孩子们摆了摆手，待房门完全关上后，他耸了耸肩，一下子便躺倒在床上。刚才孩子们躺过的地方还留有余温，河载很快便睡着了。接下来一阵阵呼噜呼噜的鼾声也跟着传了出来。

花了一个上午时间的孩子们非常着急。可能因为是周日的缘故，没什么人来废品站。朴大叔却依旧和往常一样不休息，干着活儿。他开着叉车把东西从这里搬到那里，在看到出现在废品站入口处的两个小孩时，他停了下来。"你们最近来得很勤嘛。"

铛铛和仁灿本来想着先去找软软，但是正好先看见了朴大叔，就索性改变了计划。两人站在叉车旁，抬头看着大叔。大叔则是一脸好奇，满眼迷惑地回望着孩子们。铛铛从兜里掏出图纸递了上去。大叔什么也没说地接过，展开看了起来。过了一会儿，大叔问道："这是什么？"

"帮我们把它做出来吧。"

"到底是什么？"

铛铛踩着踏板，爬上了叉车。"这本来是我们正在修的一个东西里的零件，但是现在已经碎得不成样子了。所以得做一个新的出来，能帮我们的只有大叔您了。"

大叔索性关上了叉车引擎，拿着纸仔细地看了起来。"也就是说必须得做的和图上一模一样？"

仁灿像一只小松鼠一样跳上了叉车，紧紧地挨着大叔。"只要您能帮忙做出来，让我做什么都行。"

大叔哈哈笑了起来。"你能为我做什么呢？"

铛铛回答道："大叔想做的一切事情。"

"我想做的……行吧，那就给我按摩 100 次，怎么样？"

仁灿一脸不可置信。"100 次？"

大叔一脸冷漠，转头又将纸还给了铛铛。"不爱干就不干喽。"

铛铛又一次把纸递给大叔。"就 100 次。"

这时，大叔才咧嘴笑了起来。"一言为定，按摩 100 次，以后可别反悔。"

在铛铛的紧盯之下，仁灿也不得不就范地点了点头。其实大叔喜欢按摩也是有原因的，40 多岁依旧没能成家的大叔没有妻子，自然也就没有孩子。这也是大叔待铛铛和仁灿特别好的原因。大叔是看着他俩长大的，就跟自己的孩子没什么区别。而铛铛和仁灿也一直把大叔当成自己的亲叔叔。但无论再怎么亲近，也终归不是自己的孩子，大叔自然也不能跟孩子们提各种小要求。所以大叔唯一希望孩子们做的就是给他按摩。由于整天在废品站搬这搬那，每到晚上他的肩膀和后背就疼痛难忍。每到那时，大叔总会迫切地希望身边能有一个给自己做做饭、揉揉肩的人。之前经常帮孩子们的忙，所以孩子们也会经常给他按摩。

孩子们手劲适合，按摩起来很舒服，所以大叔总是惦记着这档子事。所以他用按摩作为交易条件，先后帮孩子们搭建了秘密基地，凑齐了基地里需要的东西。现在孩子们在废品站拥有的各种东西也都是这样"交易"得来的。

大叔一边吹着口哨，一边跳下了叉车。他看了看孩子

们,又挥了挥手里的纸。"什么时候要?"

铛铛和仁灿异口同声地说:"越快越好。"

大叔点了两下头,朝着堆放铁块的地方走去,一边走一边盯着手里的图纸。看着大叔离开的背影,铛铛和仁灿兴奋地击了下掌。随后又风风火火地跑向基地,想把他们取得的这些成果告诉软软。

迫切期盼着孩子们来的软软,此时正在靠着吃东西打发时间。整整一纸箱的零食不知不觉间就见了底。孩子们走进棚子时,软软嘴里还在嚼着东西。

棚子里面,到处都是软软吃完后丢的饼干袋和乱七八糟的面包渣。

仁灿惊讶地问道:"全吃完了?"

软软咕咚一下咽下了嘴里嚼的东西,答道:"地球食物可真好吃。"

铛铛把乱七八糟的东西往旁边简单归拢了一下,在软软身旁坐了下来。"有好消息。我们可以做一个新的零件了。"

铛铛和仁灿轮流将求助河载哥和朴大叔的事情讲了一遍。这期间,软软还在不停地往嘴里送吃的。

最终,铛铛讲完一切后,说道:"所以,现在我们只需要等着新零件被做出来就好啦。"

随后,仁灿接着问道:"在这期间,我们还要准备什么东西吗?"

铛铛一会儿看向飞船,一会儿又看向软软,突然有了一个好主意。"我们要不要练习一下怎么去太空?"

仁灿一脸好奇地问道:"你是说类似于飞行演练之类的吗?"

"对,就是那个。那些被选作宇航员的人,为了乘坐宇宙飞船不是也进行了好多训练吗?软软是不是也需要这样练一下呢?"

铛铛和仁灿同时看向了软软。但是软软好像听不懂孩子们说的话一般,依旧专注地吃着。

仁灿把剩下的食物收拾到一边。"软软,你上飞船试试。"

软软一边嚼着嘴里的东西,一边说道:"飞船动不了。"

铛铛扯着软软的一条胳膊。"对,我们就是想让你进行一次飞行模拟试验。"

软软抵不过孩子们的软磨硬泡,磨磨蹭蹭地站起身来,无可奈何地走向飞船。铛铛和仁灿觉得这样的软软很奇怪,直到软软进入了飞船,他们才终于知道了究竟是哪里奇怪。飞船内的空间仅够坐一个人,软软坐下以后,圆滚滚的肚子直接盖住了仪表盘。而且身体在飞船里被塞得紧紧的,一点多余的缝儿都没有。好不容易坐了进去,软软呼地长舒了一口气,很明显身子被卡住,呼吸都变得很困难。

仁灿哭笑不得地说道:"你这到底是怎么回事啊?"

铛铛回答道:"这还不明显嘛,软软胖了呗。"

仁灿扯住了软软的胳膊。"算了,你出来吧。"

但是,软软却依旧动弹不得。身子被紧紧地卡在里面,哪有那么容易出得来啊。为了把困在飞船里的软软拽出来,铛铛和仁灿累得汗流浃背。就算是一人一边去扯胳膊,软软也是一动不动。仁灿在下面使劲儿地按住软软的身体，把他和飞船分离开，在上面的铠铠则把手放在软软腋下，试图把他给拽起来。孩子们就这样相互配合着。

仁灿一边嘴里喊着嗨哟，一边推着软软的身体；铠铠则在喊着嘿哈的同时，使劲把软软往上拔。就这样在反复几次后，软软的身子可算是出来了点儿。幸亏软软的身体是软绵绵的，孩子们就是利用他软绵绵的特点，才好不容

易把他从飞船里拔了出来。最后，等到软软的身体全部出来时，铠铠和仁灿累得双双瘫倒在地喘着粗气。

仁灿不禁责备软软："软软，你这长胖的速度也太快了吧。"

铠铠也不可置信地开口道："这才几天，你怎么能胖这么多？"

软软微微摇了摇头。"地球上重力太强了，所以我的肚子才向两边扩散了。"

仁灿瞪了软软一眼。"你们星球难道就没有重力？"

"也有，但是不像地球这样强。在齐奥尔科夫星上，一下子可以蹦 30 米高。"

仁灿斜斜地撑起身来。"太有趣了。"

这时铠铠突然起身。"这样下去可不行。我们光修好飞船有什么用？如果软软变不回以前的样子，自然也就不能进行太空飞行了。"

这时仁灿也从地上爬起来。"我也这么觉得。为了软软能重新成为宇航员，现在开始就要进行训练。"

软软眨了眨眼睛。

"什么是宇航员训练？"

仁灿从家里带来的书中，找到了关于宇航员训练的内容。书中明确地列出了，要想乘坐飞船，宇航员必须要经历的训练项目。为了成为宇航员，地球人必须要接受体能、失重等训练。但是，训练要比想象中更加艰苦，同时还需要专业的运动设备。而且，软软同地球人不同，他是否需要进行训练还是个未知数。现阶段迫在眉睫的事就是帮软软减肥。只有这样才能让他坐进飞船，回到自己的家乡。孩子们翻阅着摊开的书，为软软制订了训练计划，并将其写在了一张纸上。

针对第二条计划，孩子们一致认为西红柿是最好的选

> **我们的计划书**
>
> 1. 帮软软减肥，直到他的肚子瘦下去为止。
> 2. 吃不容易让人发胖的食物。
> 3. 一起做减脂运动。

择。软软也无奈地同意了。但是在第三条计划上,孩子们产生了分歧。铛铛认为应该一起运动,仁灿则持反对意见。平时仁灿就不喜欢运动,对流汗、上气不接下气之类的事情更是从心底讨厌。但是软软却希望能够和孩子们一块做运动,所以最后仁灿还是妥协了。条件是用做游戏的形式来代替运动。孩子们想到的运动是那种能够让软软最大程度动起来的运动。比如,让软软待在一个圆圈里,铛铛和仁灿在圆圈外不停地跑动。这时软软在不延长自己的胳膊和腿的情况下,追上并且要抓住孩子们。要想在不起眼的棚子里运动,这不失为一个好办法。软软一次对战两人,只能不停地活动。

定好了规则,运动马上便开始了。

随着铛铛喊出"开始",仁灿便开始在画好的圆圈外不停地跑动。铛铛也不服输,开始朝相反方向跑。待在大圆圈里的软软为了抓住孩子们不停地来回跑动,但是抓人要比想象得还难。软软几次都不自觉地延长了自己的胳膊,每到这时,孩子们就会大喊"犯规"。软软被吓了一跳后,就会慢慢把胳膊收回来。

就这样,孩子们度过了充实的一天。随着游戏次数的增多，软软的身体也逐渐变得轻盈起来，原来慢吞吞的速度，也迅速加快了。

棚子外，废品站的朴大叔那尖锐又高亢的口哨声断断续续。有时机器捶打铁块发出的噪声也会盖过大叔的口哨声。棚子里充满着孩子们喘着粗气奔跑的脚步声、摔倒声或打滚时发出的笑声。对于孩子们而言，游戏就是生活。一天的时光就这样又结束了。

怎样成为宇航员？

成为宇航员的必备条件

宇航员就是那些通过飞行员选拔考试，经过训练后去往太空的人。人类历史上第一位宇航员是苏联的加加林。1961年，加加林进行了首次太空飞行，总时长为一个多小时。从那以后，他便开始负责训练宇航员。但是在1968年，他在一次训练中因飞机坠毁，不幸殒命。从那以后，专门负责太空研究和航天训练事宜的苏联航天中心被冠以了加加林的名字，改为"加加林宇航员训练中心。"

至今，俄罗斯的加加林宇航员训练中心依旧因航天训练而闻名。目前为止，通过加加林宇航员训练中心的训练成为宇航员的人已达到数百名。除了这里，美国的林登·约翰逊航天中心也可以进行航天训练。那么究竟是什么样的人能成为宇航员呢？

招募宇航员

虽然各国的宇航员选拔标准各不相同，但要求的身体条件却大致一样。在韩国，首先身高要在 150～190 厘米，体重为 50～90 千克，矫正前视力为 0.1 以上，矫正后视力在 1.0 以上，脚的大小在 295 毫米以下，等等。在招募期内统计申请人数，进行包括体能、综合常识的第一轮考试后，组织第二轮、三轮、四轮深层考核。然后从中挑选宇航员。一位真正优秀的宇航员，最重要的还是要具备快速适应太空环境的强大体能，以及发生问题时迅速处理的能力。

宇航员训练

被选拔为宇航员的人要接受什么训练呢？在韩国，正式成为宇航员之前通常要接受 6 个月到 1 年的训练。要学习在空间站生活所需的太空知识和技术、生存所需的医疗技术，同时也要积累与太空实验相关的知识。为了适应太空环境，还要进行相应训练，要在巨大的水箱中进行失重训练和行走训练等。

在太空处于失重状态时，走路、吃饭以及看电脑等同在地球上时大相径庭，因此就需要进行克服失重感的训练。他们还要坐转椅，以训练前庭功能。不仅要通过专业的加速度模拟装置来提前适应重力加速度，还要学习在紧急情况下正确的逃生方法。要进行这么多训练，可想而知体能对宇航员的重要性。

最早一批宇航员

到目前为止，已经有多少人去过太空了呢？别被吓到，已经有超过 500 人啦。这其中既有完成航天任务平安归来的，也有不幸殒命。正是因为这些人的努力，飞向太空不再是痴人说梦，而是可达成的现实。所以我认为，在不久的将来人类都可以去太空旅行。

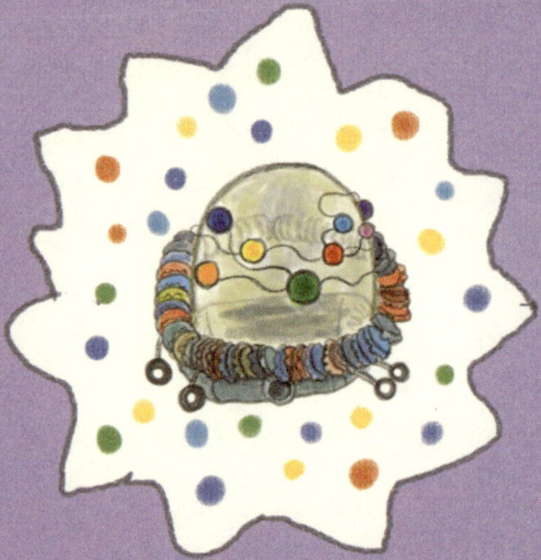

第6章

再见了,地球

零件的制作并不如想象的那么简单。第一次做出来的东西长度比图纸上的短了5毫米,第二次做出来的则左右不对称,第三次的过于粗短,第四次的过于薄,以致安装上以后非常松,就这样,四天的时间过去了。

大叔拿来了第五次做出的零件,并说道:"现在我真是怕了,就差梦里也接着干了。"

仁灿一脸不高兴地噘着嘴。"您要是能一次就做好,也不用费这么多事了。"

铠铠用胳膊肘撞了一下仁灿的腰。"要是没有大叔帮忙，我们就是打死也做不出来。"

仁灿也非常有眼力地改了说法。"对，大叔最棒啦。"

孩子们嘴上说着，眼睛死盯着大叔手里拿着的那块铁疙瘩。大叔动了动僵硬的肩膀，摆出了架势。仁灿看到后立马心领神会地跑到大叔身旁，开始给他按摩肩膀。"舒服吗？这次可一定要成功装上啊。"

在仁灿扎实的按摩力道下，大叔不停地说着"哎哟，舒服！"这时废品站里来了客人，孩子们便去了秘密基地。由于这几天加紧运动，软软的身材也恢复如初。孩子们制订的训练计划也算是颇有成效。棚子里，软软和孩子们围坐在一起，又制订出了飞船上天的计划。孩子们周围胡乱摊着很多书，仁灿找出其中一本，找到了印有宇宙飞船发射基地照片的一页。照片中，一片广阔的平地上，一个装有长长火箭的宇宙飞船屹立在那里。

仁灿用手指着照片说道："要想发射宇宙飞船，是不是还得找一个宽敞的空间啊？"

听了这话，铛铛环视了一下秘密基地。被箱子挡住的宇宙飞船就占据了棚子的一半面积，剩下的就是现在他们屁股底下坐着的地方。再加上这期间收集的各种杂七杂八的东西让棚子变得更挤了。

"这里太挤了。棚子外废品太多了，也不行。软软，你是怎么想的？"

正在看照片的软软抬起头来。"并不需要宽敞的地方啊。"

但是铛铛却依旧满面愁容。"那这里也不行啊。可能被大叔发现,也会被小区的人发现的。"

仁灿啪的一下合上了书。"去空地不就行了吗?就是我们第一次见到软软的地方。"

铛铛这才一展愁容。"对啊,去那儿不就行了吗。但是又得借手推车了。"

仁灿使劲儿拍了拍铛铛的肩膀。"兄弟,我们可以的!"

铛铛也无可奈何地笑了起来。

孩子们决定将宇宙飞船搬到空地上,日期就定在零件完工的当天晚上。就跟一开始一样,孩子们先用小推车搬,然后用纸箱子把软软和飞船盖起来藏好。孩子们反复检查了自己的计划有无纰漏。

这时外面响起了脚步声,紧接着传来了大叔的声音。"孩子们,零件做好啦。"

孩子们为了掩护软软跑到纸箱子那里藏好,故意拖延时间。

仁灿冲着棚子入口处,喊道:"等一会儿,马上就出来。"

但是软软进纸箱子里刚藏好,大叔便掀开了棚子的门帘，把头探了进来。这可真是太惊险了。但凡软软晚了一秒钟，就会被大叔发现。

在孩子们暗暗松了一口气时，大叔将手里的东西递了过来。"我检查了可不止十遍了，这次和纸上画的那个一模一样。"

铛铛恭恭敬敬地张开手，从大叔那里将零件接了过来。

仁灿也探头看着这个零件。"这次会合适吗？"

铛铛冲大叔低头致谢："谢谢，我这就去试试，然后告诉您。"

但是大叔却摆了摆手。"我亲自去试试不就行了，这个零件你们要安到哪儿？"

仁灿大惊失色，拦在了大叔前面。"不行。"

大叔一脸迷茫地看着孩子们。

铛铛则拉了拉大叔的手腕。"我们想自己亲手做完。"

"哟，臭小子们，你们到底在做个什么了不起的东西，反正你们做完了会告诉我的吧？"

仁灿赶紧点头。"当然啦。做完了第一个就告诉您。"

就这样，两个小孩连推带哄，把大叔赶了出去。等到当啷！当啷！孩子们！

等……等一会儿

您有什么事吗？

快藏起来！

爱的盒子

苹果

大叔彻底走远，孩子们才重新把门帘结结实实地掖好。大叔一边朝着集装箱的方向走，一边时不时回头看着秘密基地，直到看不见孩子们探出来的头为止。大叔站在原地盯着棚子呆呆地看了好一会儿，最后摇了摇头，哈哈地笑出了声。随后一位拖着小车的老奶奶走进了废品站，大叔看见后，赶紧一溜儿小跑迎了上去。大叔觉得自己是男人中的男人，真男人就应该信守承诺。虽然近期他也觉得孩子们的行动十分可疑，但是最终他还是决定静观不语，相信孩子们。大叔自己虽然没有孩子，但是他坚信孩子们都会长成自己心中所坚信的样子。

第五次的零件安在两个横轴之间正正好。为了确认飞船能否正常启动，软软按下了开关，一连串震动的声音便传了出来，声音很稳定。就这样过了10分钟、20分钟都没有停下来。孩子们喜出望外，不停地相互击掌，软软也跟着孩子们一起击起掌来。

铛铛满脸严肃地说道："就是今晚了。"

仁灿也感慨万千。"是啊，比想象中还要快些。"

软软看着孩子们说道："我今天就要走了。"

听软软这么一说，孩子们的心情突然复杂起来，如同丢了什么东西一般，空落落的。太阳逐渐下山了，云彩也染上了橘黄色，孩子们的心情也如这晚霞一般变得寂寞又惆怅，原本空落落的心里更加不是滋味。

仁灿用脚尖一下一下地踢着地面。"真的要走了呢。"

铛铛也附和道："对啊。"

软软静静地望着朋友们。

心情低落的孩子们就这样沉默地坐着，但这样下去什么时候是个头儿呢。

最终铛铛抬起头来，高声说道："现在开始吗？"

仁灿点了点头。就这样孩子们开始了搬运飞船前紧锣密鼓的准备工作。将飞船挪到棚子出口后，孩子们最后收拾了一下棚子。把这段时间积攒的垃圾清理出去，还要把没有用的东西搬到空地上。仁灿负责跟大叔借手推车。

仁灿刚把零件正合适的好消息告诉大叔，大叔就咧开嘴笑了起来。"呵呵，现在到了你们履行承诺的时候啦。"

大叔乐呵呵地将立在集装箱后面的小推车拖了过来。这时正巧又走进来一位拿着废品的老奶奶，早先来的奶奶则要大叔给算算卖废品的钱。大叔将推车交到仁灿手里后，就赶忙转身去应付奶奶了。趁着仁灿去借手推车的空当，铛铛收拾了这段时间他从家里带来的工具，把仁灿带来的书也整整齐齐地装到了书包里。软软则忙着收拾这段时间吃剩的零食。孩子们都忙着做自己手头上的事，除了必要的对话，大家也都没有闲聊。整理工作比想象中结束得要早。

现在距离太阳下山还有好一段时间。孩子们打算将收拾好的东西带回家，等到晚上再回来。铛铛和仁灿拎着工具箱和书包，与软软对视着。

铛铛抓着软软的手说道："我们晚上再来。"

仁灿再一次嘱咐软软："这期间千万也要好好藏着啊。"

软软点头。"别担心。"

就这样，孩子们离开了秘密基地，朝家走去。路上铛铛和仁灿都没有说话。

快到家时，铛铛开口了："我们会把软软顺利送回家吗？"

"嗯。"

"要笑着和他道别。"

"嗯。"

看着只知道应和的仁灿，铛铛下定决心一般说道："会的，我们会做到的。"

孩子们到家后，约定等天完全黑了的时候再出来。等待天黑的过程，对于孩子们来说既漫长又无聊，过一分钟就像过了十分钟，过一小时则更像是过了一天。终于到了晚上十点，孩子们按照之前说好的，先将枕头卷起来塞进被子里，然后走出了房间。父母要是知道了可能会骂他们死性不改，但是这种程度的挨训对孩子们来说早已是家常便饭，不足为奇。就算是铛铛和仁灿半夜消失了，双方的父母也都会觉得他俩肯定在一起呢，反正不在这一家就在那一家，保不齐两人正头对头商量着什么无聊的小把戏呢。铛铛和仁灿的父母相交甚好，早就习惯了两个孩子相互串门。

推着装有宇宙飞船的小推车虽然非常吃力，但好歹还能推动。可是怎样才能出废品站又是个大问题。在朴大叔与周公相会的时候，才好出废品站。孩子们之所以将时间定在了十点，就是考虑到这个时间是大叔睡觉的时间。幸运的是，在前往空地的路上没有一个人，唯一的"目击证人"只有一只神出鬼没的小猫。只见它悠闲地坐在墙头上看着孩子们,而后又兴致缺缺,悠然地离开了。

可能是已经深夜的缘故,空地上一个人都没有。孩子们开始相互吹捧,都说定了一个绝佳的好日子。他们接着又把飞船挪到了空地上最偏僻的地方。四周黑漆漆的,但飞船却散发出如天上皎月般的亮色。

为了以防万一,孩子们又在原地观察了30分钟。确保万无一失后才将飞船挪到空地正中央。一切准备就绪后,软软坐进了驾驶舱。铛铛和仁灿走到飞船旁看着软软。

软软将手放到了启动键上。他看着铛铛和仁灿说道:"地球的朋友,谢谢啦!"

铛铛嗫嚅道:"一路顺风。"

仁灿将手伸进飞船内,拍了拍软软的肩膀。"很高兴认识你。"

孩子们站在飞船前,还是舍不得离开。

铛铛看了眼天上的月亮。"我们还会见面吗?"

软软盯着这样的铛铛看了好一会儿。铛铛也注视着软软的眼睛。过了一会儿,软软将手伸到飞船外,递出了个东西。

原来是软软握在手里的纸团。铠铠打开纸团，惊奇地发现这是软软画的那张飞船设计图。

铠铠睁大眼睛问道："这是给我们的吗？"

仁灿也惊讶地追问道："真的是送给我们的吗？"

软软笑着说："如果你们能造出宇宙飞船，那就来我们星球吧。"

听了这话，原本忧郁的铠铠和仁灿，心中仿佛又燃起了新的希望。如果刚才是阴云密布的雨天，那么现在就是阳光明媚的早上。

仁灿握住了软软的手。"我一定会去的。铠铠，你也会去的，对吗？"

铠铠将软软给的纸团抱在怀里。"会，一定会去。软软，你可一定要等着我们啊。"

"我等你们。"

现在真的要送软软走了。铠铠和仁灿稍微往后退了退，与飞船拉开了距离，软软按下了仪表盘上红色的按钮。紧接着飞船开始震动，并发出了光。飞船底下也涌出了一阵阵风，铠铠和仁灿继续往后退开。一会儿，飞船便

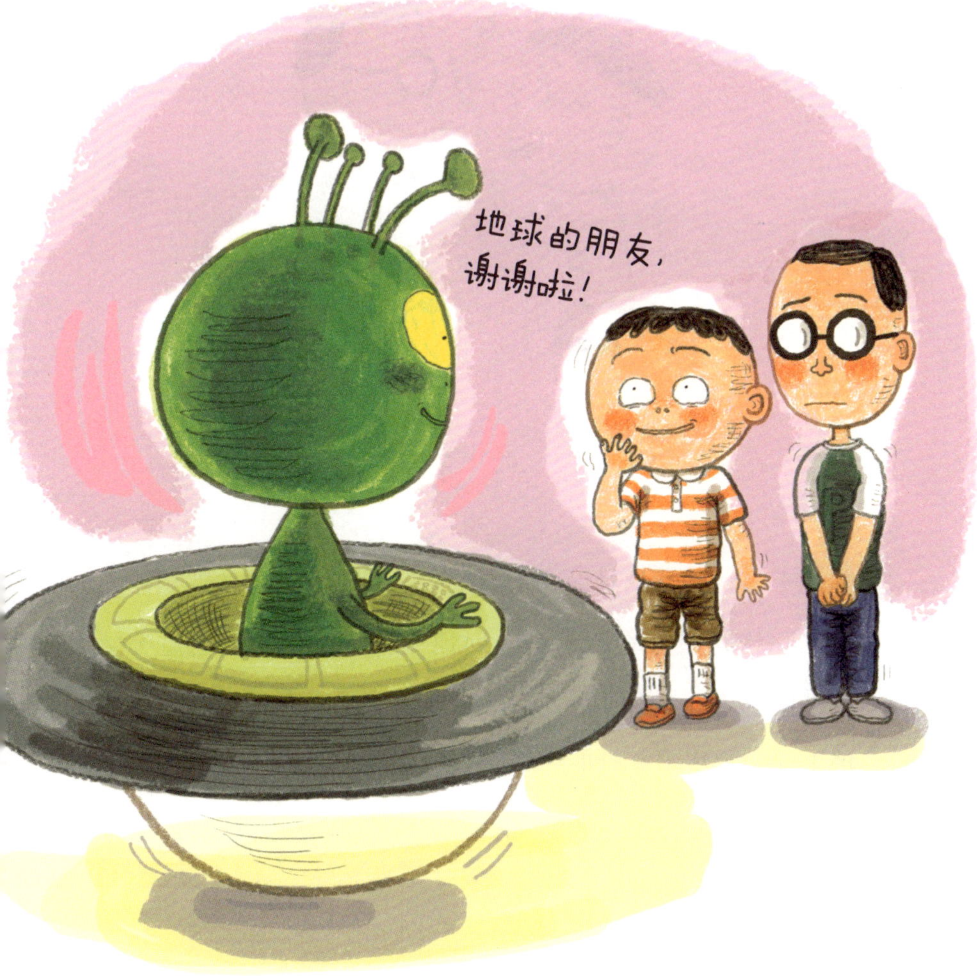
地球的朋友，
谢谢啦！

蹿上了天,又高悬着停在了半空中。在被盖子盖住的飞船里面,软软俯视着孩子们,向他们挥手。孩子们也赶忙挥手回应。好一会儿后,软软的飞船直升云霄,直到最后消失在了视线里。这时,孩子们也没有停止挥手。原本盘旋的风缓了下来,挥舞的手停了下来,四周也跟着静了下来。

仁灿说道:"真的走了。"

"对啊。"

铠铠静静地看着抱在胸前的设计图。不一会儿,他将纸团举过头顶,在原地蹦蹦跳跳起来。"咱俩也走吧。"

仁灿也跟着说道:"好,走吧。"

孩子们开始快马加鞭地往家跑去,边跑边喊"我们会去的!""我们会去太空的!"声音之大惊起了一片犬吠,走在墙头上的小猫也被吓得一下子躲了起来,眼珠滴溜溜地转着。

打那以后,又过了30年。

铠铠和仁灿已经成了航天工程师。明天他们将飞往太空,履行当年同软软的约定。

原本正往研究所窗外看的铠铠博士转过头来,朝椅子上的徐仁灿博士看去。"确实耗时还蛮长的,对吗?"

徐仁灿博士慢腾腾地点了点头,答道:"嗯,但是我们马上就要见到软软了。"

铠铠博士看了看自己映在玻璃上的影子,头发花白,身材发福,小肚子微微隆起。他又转眼看了看徐仁灿博士,时间也在他的脸上留下了皱纹。"软软认不出我们怎么办？"

徐仁灿博士微微笑了起来。"你不用担心这个，他肯定会认出我们的。"

听了这话，铠铠博士再次看向了窗外。过去30年里，为了开发飞船而不断努力的日子在脑海中一闪而过。他考上了能够学习制造飞船等与太空有关知识的学校，他研究软软留下的设计图，并以此为基础，日复一日、年复一年地造飞船。软软设计图里的很多零件都是买不到的，对此铠铠和仁灿又花费了大量时间研发出了相关产品。在差不多凑齐了造飞船的材料后，他们又开始着手研究有助于飞往太空的装置。现在他们研发的装置就是依靠行星的引力的。

铠铠和仁灿研究的方法是这样的：利用引力较强的行星加速宇宙飞船，当接近行星时，再次利用引力较大的行星助推。这样的方式可以保证飞船一直依附在一颗引力较强的行星上。这是本次航天活动的核心技术。当然这项技术最大的问题就在耗时久。但是当年软软飞船上用过的反重力固体燃料依旧没有被找到。为了解决这一问题，铠铠博士和徐仁灿博士参考软软留下的设计图，开发出了一种推进剂使航天飞船速度比光还快。这一切的努力都将于一个小时之后接受检验。

已经做好心理准备的铠铠博士和徐仁灿博士在乘坐飞船之前，做了最后的检查。将要进行飞船发射的空地早已是人山人海。铠铠博士和徐仁灿博士登上飞船的样子将通过电视台直播到全世界。最后，他们站在了飞船舱门处，朝众人挥手。在现场观看的人群中既有铠铠和仁灿的家人，早早关闭了废品站、如今在合伙做零件开发生意的朴大叔，还有铠铠博士永远的偶像、徐仁灿博士的亲戚河载哥。河载哥真的成了一名机械工程研究员。他们都坐在观看席里，朝着铠铠和仁灿使劲儿地挥着手。

不一会儿，注入了铠铠博士和徐仁灿博士毕生心血的飞船起飞了，眨眼间就消失在了人们的视野里。人群的欢呼声久久回荡在原地。在转播到世界各国的直播中出现了铠铠博士和徐仁灿博士在飞船里互相搭着肩膀的画面。

不一会儿，铠铠博士将脸靠近屏幕说了句："再见了，地球。"

想成为航天工程师要怎么做？

航天工程师要做什么事情？

所谓航天工程就是一门钻研开发太空的学问，要研究很多项目，比如开发人造卫星和宇宙飞船，制造火箭助推剂，建设空间站，制造并发射火星探测器以及能够到达距地球更远的木星或土星的空间探测器，在月球或火星上建设可供人类生存的基地，研发宇宙飞船以实现到月球或火星的人类太空旅行，等等。

人类对太空的开发始于1957年苏联人造卫星"斯普特尼克1号"的成功发射。第一颗人造卫星成功发射以后，更多的人造卫星和宇宙飞船驶向太空。这期间人们经历了无数的挑战和失败，现在也在不断迎接着新的挑战。

航天工程学里，多种学科相互结合，其中就包括研究精密机械和电子系统的机械工程学和计算机工程学等。如果你对这些学科有兴趣，那么航天工程学是一个不错的选择。要想成为优秀的航天工程师，不光要具备挑战精神，还要有勇于探寻新事物的探险精神。外太空和地球是两个截然不同的空间，仍存在着很多未知领域，那是人类还无法触及的宽广与遥远。因此在面对未知领域时，航天工程师的好奇心必须战胜恐惧感，还要具有不怕失败、勇于挑战的韧劲儿。如果你觉得自己比任何人都坚韧的话，那么你就具备了成为一名航天工程师的首要条件。

成为航天工程师的办法

要想成为一名航天工程师就必须要对太空抱有好奇心。仰望夜空时我们总会看见很多星星，那么就要试着发散自己的想象力：那颗星星上有什么，星星和星星之间是什么样的，在众多星星中有没有和地球环境相仿的，怎样在太空中存活下去，外星人在哪里，等等。将所有人都认为不可能的事情变成可能，这就是航天工程师坚守的初心。大学里可以将航空航天工程学、机械工程学、电子工程学、计算机工程学选作自己的专业，然后去做相关的工作。

图书在版编目（CIP）数据

外星人软软来了/（韩）吴始垠著；（韩）尹有悧绘；姜楠译. -- 北京：中信出版社，2023.6
（"小学生前沿科学奇遇记"系列）
ISBN 978-7-5217-3850-6

Ⅰ. ①外… Ⅱ. ①吴… ②尹… ③姜… Ⅲ. ①长篇小说－韩国－现代 Ⅳ. ① I312.645

中国版本图书馆 CIP 数据核字（2021）第 253796 号

우주로 간 탕탕 박사
Text copyright © 2016 by Oh Sieun
Illustration copyright © 2016 Yoon Yuri
All rights reserved.
Originally published in Korea by Gimm-Young Publishers, Inc.
This Simplified Chinese edition was published by CITIC Press Corporation in 2023 by arrangement with Gimm-Young Publishers, Inc. through Arui SHIN Agency & Qiantaiyang Cultural Development (Beijing) Co., Ltd.
All rights reserved.

本书仅限中国大陆地区发行销售

外星人软软来了
（"小学生前沿科学奇遇记"系列）

著　者：［韩］吴始垠
绘　者：［韩］尹有悧
译　者：姜楠
出版发行：中信出版集团股份有限公司
　　　　（北京市朝阳区东三环北路27号嘉铭中心　邮编 100020）
承　印　者：宝蕾元仁浩（天津）印刷有限公司

开　本：880mm×1230mm　1/32　印　张：4.25　字　数：80千字
版　次：2023年6月第1版　　　　　印　次：2023年6月第1次印刷
京权图字：01-2021-5708
书　号：ISBN 978-7-5217-3850-6
定　价：19.80元

出　品：中信儿童书店
图书策划：将将书坊　　策划编辑：张慧芳　高思宇　　责任编辑：王琳
营销编辑：杜芳　　　　封面设计：周宴冰

版权所有·侵权必究
如有印刷、装订问题，本公司负责调换。
服务热线：400-600-8099
投稿邮箱：author@citicpub.com